写给孩子的
动物文学

Dai Jiaohuan de Dayan

戴脚环的大雁

[俄罗斯] 维·比安基等 著　韦苇 译

北京时代华文书局

精彩的动物故事　不朽的生命传奇

韦　苇

　　工业文明和科技文明的发达，给人类自身造成一种错觉，使人们以为人和人的支配欲可以无限制地挥发，可以任意地奢侈。其实，地震和海啸就告诉我们，人和人的意志不是万能的，"人定胜天"不是一个放诸四海而皆准的不易真理。在地震和海啸面前，自以为万能的人和动物一样，抗拒不了更控制不了发生在我们这个星球心脏部位的激情。地震和海啸其实是把人类放在与动物同样的地位上，人类有时候显得更脆弱更无能，甚至动物已经对地震有预感的时候，人类还茫然无所知。这样来认识大自然，我们就会认识到人类的渺小；这样来思考生命，就能够摆脱"人类中心主义"的立场，就能消除人类对动物的傲慢与偏见，就能消除人类在大自然面前的错觉，承认人类并不是地球的主宰者、不是大自然的主宰者，人只不过是地球上一种能用大脑思考、用语言表达，从而具有物质和精神创造能力的动物而已。只有当我们认识到，地球是一个人与动植物命运与共的大生物圈，地球是人和动植物一起拥有的生存共同体，我们的生态伦理观念才能正确建立起来。这样，我们就会对有些生命意识和生态环境意识特别强的人怀有深深的敬意。所以，大自然文学、动物文学不可能在工业文明、科技文明和城市文明兴起的 19 世纪以前产生。当动物的生存问题因为工业和城市的迅猛发展而引起关注的时候，当作家对动物生命有新的理解的时候，以动物为本位、为重心的动物文学就应运而生了。动物文学作家只不过是用文学来思考大自然、思考生命的一批人，他们把真实的动物世界用艺术的语言经营成一个个精彩的故事、不朽的生命传奇，打造成文学图书的常青树。

动物文学能给孩子以独特的生命教育，从而有助于孩子的健康成长。

儿童从动物文学的形象中获得审美感动，与动物文学里的形象发生共鸣，与此同时，孩子会认识到，动物是一种与人类不同的生命存在，它们的行为可以促使孩子对人类的行为进行反观和反思，促使孩子审察人类自私本性的后果，从而克服人类的骄横和偏见。孩子在受到生命教育的同时，他们的人格也就能够在更宏阔、更丰盈的背景上得到健康的发展。

伟大的大自然文学作家米·普里什文的创作理念，就明显超越了环境保护和动物保护层面上的意义：他的作品激励读者去亲近大地母亲，去和大地和谐相处，去恢复与大自然的良好关系，去关注每一株草、每一棵树、每一种禽鸟野兽、每一座山峦、每一条河流。米·普里什文对大自然的理解，同常人很不一样，他说："我们和整个世界都有血缘关系，我们现在要以亲人般关注的热情来恢复这种血缘关系。"所以他语重心长地说："鱼儿需要清洁的水——我们要保护好我们的水源。森林里、草原上、山峦间，那里有种类繁多的动物——我们要保护好我们的森林、草原和山峦。""给鱼以最好的水，给鸟以最好的空气，给禽鸟野兽以最好的森林、草原、山峦。人总得有自己的祖邦，而保护好了大自然，就意味着保护好了自己的祖邦。"

高大的松树、清澈的湖泊、连绵的山峦、飞跃的松鼠、胆怯的小鹿，以及空气中扑面而来的脂香和果香，使得人的心灵能有一种与天地融为一体的感觉，可以获得从未有过的惬意和满足。

　　飞过天空的野鸭有无形的价值，出没于山间的灰熊有无形的价值；野外的声音、气味和记忆都有无形的价值。此刻，向森林走去，纵然只是向城市中央公园的绿洲走去，去看看鸟们筑在枝丫间的窝巢，我们感觉我们是去朝圣——心灵的朝圣。

目 录 | CONTENTS

好奇心是寻觅、探求、发现、创造的动力源。用动物文学来培养你的好奇心！

——韦苇

戴脚环的大雁

〔俄罗斯〕维·比安基

尊敬的鸟类保护协会主席：

今天，我放飞了一只白额大雁，让它回归大自然。

这只大雁是我去年秋天从彼得堡的一条街上买来的。它是一个猎人拿进城来出售的。那猎人说，他是在芬兰海峡的海滩上捉到它的。那个海滩离罗蒙诺索夫城不远。当时，这只白额大雁的腿被渔网缠住了。后来，这只白额大雁在我比台勃斯克的家里养着。我儿子给它喂食的时候，它甚至于任他熨抚它的脊羽。然而一到春天，它的野性就开始发作了，对拴它的绳索又是扯又是啄，还不住地拍扇翅膀。一看便知，它是强烈地向往着天空，向往着自由。我同我的儿子商量，决定放了它。但是我们一想到这一分别，从此将音讯杳然，再也不能得知它的下落，我们就舍不得同它分离。我从莫斯科要来号码为丙类109号的脚环标记，套在了大雁的脚杆上。要是今后有谁再捕到我们这只白额大雁，就请按脚环上所标明的地址，把它的情况写信告诉鸟类保护协会，请协会尽快发信到比台勃斯克，将它的飞行和被捕获情况一一告诉我，为谢。

　　写信人在信尾写上了自己的地址，然后写好信封，把信纸往信封里头装好，邮往莫斯科鸟类保护协会。

　　接着，他站起来，向门口走去。

　　"米沙！"他唤他的儿子，"咱们去放飞白额大雁。"

第一章 放飞白额大雁

　　白额大雁蹲在鸟屋旁，拼命地用硬嘴狠啄拴它脚的绳子。但是，它一听见有人向它走来，马上就不啄了，它伸直脖子，高高抬起它的头。现在，它的体态看起来完全像只家鹅，虽然它比真正的家鹅要小得多。仔细看，一眼就能看出它是只野生禽鸟。它的羽毛格外光滑而漂亮，家禽的羽毛是绝不可能有这么漂亮、这么光滑的。它的体形十分匀称，身子结实，前胸特别开阔，脖子微微有点弯。它的腿比较短，但是蹼脚撑得很开，稳稳地在地面上支撑着自己的身子。额头上一块纯白的半月形斑块发着亮。父子俩走近它的时候，它大叫了一声，躲开了他们。但是紧绷的绳子又猛一下把它给拉了回来——白额大雁头着地翻了个跟斗。

　　米沙的父亲利用这一时机，从后面一下逮住了它的翅膀，并把它举了起来。

　　"解开绳子。"父亲对米沙说。

　　米沙动手解开扯得很紧的绳结时，白额大雁使出它全身气力，想要挣脱。一个大人的力气要抓稳它都不容易。

"好啦，米沙，"当绳子终于松落地上时，父亲说，"现在向白额大雁告别吧，咱们祝它一路好运！"

米沙要抚摸大雁的脊羽。他伸出手的时候，大雁挣扎得厉害：它伸过硬壳嘴来啄他的手，威吓他。他不想叫大雁的硬壳嘴啄到他。他已经尝到过一次被它啄疼的滋味了——那回，他腿上的乌青两星期还褪不尽哩。

"老弟，别这么怕它！"父亲笑着说，"它啄不到你的，我提着它的脖子呢。你从我右边衣袋里掏出脚环和平嘴钳来。"

米沙从父亲的衣袋里掏出了这两样东西。

"现在，"父亲继续说，"把脚环打开，套在大雁腿脚上。套好了吗？这面用钳子好好钳紧。对。现在，要是它落到别人手上，咱们就也能听到关于它的消息了。"

米沙疑惑地嘟哝了一句什么。

"啊？你说什么来着？你看见脚环上写的地址和门牌号码了吗？要是谁逮住了咱们的这只白额大雁，他就会按照脚环上的地址告诉莫斯科鸟类保护协会。我呢，这不是已经写好这封信了吗？咱们寄给协会，请他们告诉我白额大雁在什么地方被逮住了。懂吗？"

"懂倒是懂了，"米沙低声嘟哝说，"不过我还是信不过，它会落到什么人手上——好人还是坏人。"

"你怎么知道不会落到好人手上？来，现在咱们把它放飞了。"父亲说，"我的手已经抓得发酸了，都快抓不住它了。"

父亲把大雁往空中使劲抛去。

白额大雁扇动翅膀，在离地面很近的空中飞翔。但是，忽然，它感觉

到自己已经不再受缚了，再没有绳子拽它到地面了，它就向空中奋飞，飞越了篱墙，飞到了屋顶上。

从屋顶上传来它畅快的鸣叫声。

一分钟后，它就成了远空中花花的一点。父亲同儿子两人在后面目送着它。

当它完全从父子的视野中消失后，父亲让儿子去把信投入邮筒，邮给鸟类保护协会主席。

第二章 突遇大苍鹰

白额大雁在高空飞翔。风在云际啸鸣。它的四周再没有别的鸟儿飞行。它擦着云彩迅捷而无声地飞翔着。

大雁从高空往下俯瞰，地面似乎只是一片黑，只有洼地里积着些雪。

大雁上方，成群的黑鸟平平伸展翅膀，像是冻僵在空中似的，一动不动。时不时，不是这只就是那只收拢翅膀，陡然哧溜往下降，突然对地面发起迅猛袭击，又匆匆返升空中，回归到鸟群。这是一群白嘴鸦。白嘴鸦飞得比大雁慢，所以不久就从它的视野中消失了。

白额大雁一直往前飞。它感觉到可以自由飞翔以后，已经飞了好几个小时了。它现在急于找到自己的同类，以便同它们结成一个群体，完成到出生地去栖息的漫长飞行。这将是一次不无险情的飞行。但是这几个钟头飞下来，它始终没在空中看见哪怕一只白额大雁。

半年前，它被一个猎人逮住。此刻，它正往那个地方飞去哩！它曾被逮住的那个地方，对它来说是太熟悉了。那里有海。万里越海飞行必须在那里稍事歇息。它和其他白额大雁，还有天鹅、野鸭、鹬鸟，以及其他海鸟——栖息在海滨的鸟，组成一个长长的鸟阵飞行。就在长途飞行时，它和同类白额大雁失散了，同自己难舍难分的伴侣——一只公白额大雁分离了。说不定，现在，它来到这个熟悉的地方，就很快能重新找到自己那个亲密的伴侣呢。

猎人把它装在篮子里蒙住了眼睛，它因此弄不清是走哪条道被带到彼得堡去的。但是大雁的本能给它指示着可靠的路径。

　　长久的快速飞行并不使白额大雁感到疲倦：鸟儿是不会想到休憩的。每一次翅膀的扇动，都给它的肺叶灌入了新鲜空气，然后通过气囊似的肺叶将氧输送到全身，甚至于，它飞行时，它的骨骼都是不参与动作的。那些推动翅膀呼扇的肌肉，对这肺部气囊一拉一压、一伸一缩，空气就自由地吐吐纳纳，进进出出。大雁的呼吸就像蹲在地面时一样的均匀。能迫使大雁降落地面的，只有饥饿。

　　白额大雁很想吃东西了，它全身都感受到了一种乏力的难受，翅膀的扇动越来越艰难了。它开始往下降，在低空物色觅食的场所。

　　独个儿觅食是特别危险的。它钻到水里去觅食或在地面觅食时，往往不容易发现伺机捕捉它的敌人。白额大雁四处打量地面，看有没有联合起来一同觅食的禽鸟——哪怕只在觅食这会儿暂时结成联盟也好。

　　往下俯瞰中，它看见了田野、麦苗、树林。时而从地面腾起一群小不点儿云雀，它们的歌声在低空阵阵悠然荡漾。白额大雁在这儿在那儿看到人、牛、马，全都只是小小的身影在地面慢慢蠕动。

　　白额大雁尽力躲开人和家畜，在树顶上飞。直到现在，它才发现满森林都是一群群的飞鸟。它们在树枝间不断地跳跃，从这棵树飞到那棵树；它们成群结队往前飞，边飞边吱吱喳喳、喁喁啾啾、咿咿呀呀地叫个不停。它们在林边集结得特别多。色彩斑斓的梅花雀叫得最欢，交喙鸟黄白相间的翅膀激烈地扇动，发出呼啦啦的声音，浑身灰色的鸫鸟叽里呱啦不住嘴地啼啭。

　　这些鸟，间或哗啦一下成群地从树枝上飞落到地面。它们欢乐地蹦蹦跳跳，敏捷地下嘴啄食。但是，突然，它们像是按照无形的信号，一只跟一只飞到树上，又继续在树枝间不停穿飞。

白额大雁因拥有这么些旅伴而高兴。但是它太饿了。饥饿使它不能多想关于旅伴的事。它得赶快找个地方，找个既安全又能让自己吃饱的地方。

终于它看到，前面不远的黑土地上，闪着一溜儿水带。这水带不断延伸、延伸。很快，白额大雁发现它是一条水域宽广的河流。满涨的河水把矮树半截儿淹在水中，水面上露出黑树枝和堤岸。白额大雁看见水面上有许多鸟儿在移动。

心在它胸间嗵嗵地狂跳，它简直不敢相信：它一下子就找到这么多同类的白额大雁了吗？它放开嗓门响亮地呼唤。

"呷！呷！呷！"响应它的声音从河面传来。

不是，这不是白额大雁的声音——这是野鸭的叫唤声。

但是它太孤单了，太疲倦了，太饥饿了，所以见到野鸭，它也照样高兴得很，不是吗？这些呷呷呷叫个不停的野鸭，也总还是它的远亲吧。它们吃的食物同它完全一样，连它们说话的意思，它也多少懂得一点呢。

白额大雁放缓飞行速度。它在空中转了三圈，一圈比一圈慢。接着哗啦一声，它沉重的躯体降落在野鸭们身边，溅起一蓬水花。全体野鸭从四面八方向它游来，把它团团围住。呷呷呷的叫声在它四周响起：看得出来，野鸭们为客人的到来而高兴呢。

过不一会儿，白额大雁就从野鸭群中弄到一份食物。

它头朝下，扎进水里。它的金黄色蹼足在水面频频扑动。它从水底下啄上一撮水草和水生动物来，把不能充饥的东西很快从嘴两旁筛滤出来，而把柔软的食物吞下。它的周围，宝蓝色的翅膀时时扇动着，在水里一个接一个地翻着跟斗。

河面上，不是鸟尾就是鸟头，不停地频频闪露。每次都是这样，从水里翻上来那一下，它们都高高昂起头，警惕地往四周扫视一眼。没有一个敌人能在它们毫无知觉的情况下靠近它们。一些鸟扎进水里去觅食时，必有另一些鸟在昂首巡望。只要一声令下，叫大家防备，顷刻间，就整群鸟都呼啦一下飞逃开了。

然而，像往常时有发生的那样，意外的灾难骤然降临了。一只野鸭，刚发现一只大苍鹰的翅膀在丛林上空忽闪了一下，它就已经被大苍鹰抓走了。"呷"一声惨叫传来，瞬间整群野鸭都惊飞了起来。

大苍鹰的袭击太迅猛了，野鸭们根本来不及弄清危险从哪个方向骤降。大家哗一下四散开去。白额大雁钻到一棵矮树下面。野鸭们眨眼间钻入了水下，却只有一只飞向空中。

大苍鹰要逮的，就是这只向空中飞起的野鸭。它呼噜一下冲到一棵矮树上空，猛地撞击了一下这只飞起的野鸭。鸭毛在空中飞旋，飘荡，然后晃荡着徐徐落向水面。

这时，大苍鹰已抓着被它撞死的猎物，飞得很远了。白额大雁透过矮树枝看大河对岸，看到大苍鹰把死鸭带上悬崖，叼出野鸭的脏腑，褪掉羽毛，大口大口地啄吃起来。

白额大雁环顾了一眼四周，野鸭一只也不见了。吓得魂不附体的野鸭们，全钻到了矮树下，迟迟不敢从保护它们的屏障中游出来。

大苍鹰此时已经用完了它的午餐，在地上反复擦拭它的弯钩嘴，接着把胸间和双翅上在撞击时弄乱了的羽毛抚平，然后，它缩起一条腿，再缩起另一条腿，往前慢悠悠地走了两步。它那长着凶残弯钩嘴的头，徐徐转动着，时而转向这边，时而转向那边，凶光逼人的大眼无动于衷地打量着四周。

这大苍鹰是善于在空中飞翔的巨鹰，应该叫"大隼（sǔn）"，是猛禽中最为勇烈的一类。

大苍鹰比白额大雁个儿小，才比乌鸦大不了多少，可是它只稍瞅白额大雁一眼，白额大雁心里就产生难以抑制的恐惧感，顿时魂不附体。这不是因为白额大雁胆小，而是因为大苍鹰一到空中就力大无穷，甚至个儿比它大得多的鹭鸶和野鹅，在空中只要一碰到它，就活不成了。

大苍鹰在地面或在水面从不招惹鸟们的。只有没经验的幼鹰，才会在低空撞击鸟儿以猎取食物。鹰在低空袭击鸟儿，弄得不好就一下撞到地面，导致胸骨碎裂而猝然身亡。成年大鹰攻击鸟儿都是采用高空埋伏的办法，呼一下，把它看中的猎物先吓个半死，然后从上方像石块似的砸向猎物。

幸好白额大雁并没有在一时慌乱中贸然向天空冲飞。要不然，鹰在野鸭群中一眼就能认出它是只大雁，那时，它可就难逃苍鹰的利爪了。

现在大苍鹰肚子饱胀着，任何鸟靠近它，它都懒得理会了。猎杀禽鸟只会是在它饥肠辘辘时。

野鸭一只接一只从自己躲避的地方游出来。大苍鹰看着它们，却并不动心。它黑乎乎结实的身个儿，那宽阔的胸部，就像钉在了岩石上，一动不动。当它立定不动的时候，人们就很难把它跟周围的石块和土团分辨清楚。它的背部、它翅膀的羽毛和灰条花纹的胸脯、肚皮、尾巴同旁边的黑褐色叶岩惊人相似。只是它肩膀下方亮亮的白块，像淡颜色的石子似的，很是显眼。

野鸭从四面八方游出来，它们就仿佛按照号令行事，一下子从水面飞起，冲向天空，呷呷呷叫嚷着，从大苍鹰头上飞掠而过。

大苍鹰把头歪向一边，无动于衷地望着它们飞向远方。

大苍鹰跟着野鸭飞，已经飞了好几天了，饿了就猎杀一只野鸭供自己果腹。它也像野鸭一样，现在向北方、向自己的出生地飞去。它吃饱了，就让野鸭先飞。一旦饿了，胃就提醒它快快追上野鸭群阵。这样，它一路上从不缺吃的。

这会儿，它在下面冷眼观望飞去的野鸭们，样子看上去无动于衷，其实它把鸭群飞行的方向全往心里记呢。

忽然，两点凶火在猛禽的眼里闪亮。它一下挺直身子，双目注视天空，

原来它发现了野鸭群里有一只大雁。这可是它难得的好猎物呀。

就在这时，毫不犯疑的白额大雁便注定要遭殃了——它被这个冷酷、凶残的追捕者盯上了。白额大雁尽管也有一对快捷的翅膀，也有一副坚利的喙，但这两样都不能使它避免遭到被追捕者袭击和残杀的厄运。

第三章 与野鸭子们结伴

夜温暖而透明。雪在消融。白蒙蒙的天空上，星斗寥疏，似有若无。夜空下的村庄里，浑红的灯一盏接一盏熄灭了。

四野静悄悄。夜色中，只传来不知流向何方的溪水声，很轻很轻。

听见了吗？高空响起了看不见的鸭群的翅膀呼呼扇动的尖啸声。这声音越来越近了。又从村落上空，传来白额大雁的鸣叫声。

村边上，院落里的家鹅骚动起来。它们大声拍动翅膀，阵阵的鸣叫声穿越夜空，听起来很是苦闷和凄惶。夜色薄暗中，它们模模糊糊地望见飞向远方的野鸭群队影，若隐若现。过不久，这若隐若现的群影又在另一个村庄上空掠过，接着是第三个村庄。每到一个村庄，白额大雁那号筒似的鸣叫声，总是唤起家鹅们久久的激情骚动。

家禽本来是早忘了往日的自由了，但是听到这大雁的鸣叫声，莫名的激动又会被撩拨起来，带着一种冲动向天空噗啦啦地扑动翅膀。

但是它们早已不习惯于飞翔了，双翅对它们来说已成了一种装饰品，它们现在再扑扇翅膀也不能飞离地面了，不能帮助它们重新获得自由了。

但是，在这寂寞的暗夜里，它们长时间地叫唤着，叫声中透出一种无奈的悲哀和忧伤。

而白额大雁为自己的自由感到庆幸，它自信地扇动翅膀，掠过村庄，飞向远方。其实，它的前程布满险恶——十有八九，它是向着死亡飞去。不过，大海上空有一道候鸟迁飞的大道，等待它的是渡越大海的万里飞行，它前面的飞行途程中，将一直有云霄旅行家们喧闹的鸣叫声相伴随；它苦苦思念的失散的亲密伴侣，想来正渴望着同它见面，同它欢聚。

夜将尽，天将明，野鸭群飞到一个林间沼泽带，这里到处漾满了刚刚融化的雪水。

这里幽暗而又静谧。风透不进这儿来。黑幽幽的水面反着微光，映照出了正在放明的天空。

沼泽四周密密生长着黑幽幽的云杉树。云杉枝长长地伸展开去，往水面覆上了一层宽宽的幽影。

黑暗吓不倒野鸭们：它们在夜色中能分辨周围的一切物象。只要周围的一切都纹丝不动，它们就大可放心地游荡。它们眼前滑不过哪怕一点陌生影子。敌人休想神不知鬼不觉地接近它们。

森林里一片死寂。在这黑漆漆的密林深处，任何一点点轻微的窸窣声都会引起情绪紧张的野鸭们的注意。这时，一只野鸭呷呷一声低叫，顿时，整个鸭群都会把脖子昂得挺挺的，眼观六路，耳听八方。但是窸窣声没有再传来，野鸭们又恢复了些平静，重新开始寻觅食物。在夜的寂静中，又只听到野鸭脑袋钻入水中的激溅声，喳啦喳啦，响成一片。四周当然还是

有林中天敌在来来去去。在天敌们发现它们的藏身地之前，它们赶紧把自己的肚子填饱。

白额大雁在岸边觅食，这里有云杉枝遮掩着。在这里觅食，它感到很安全：要是猛禽来偷袭在沼泽中游荡的野鸭，它就能立即抽身溜掉。

沼泽的水底长着许多长条形的繁密水草。很快，白额大雁发觉自己的脚被繁密的水草缠住了。它拼命地一下接一下往前挣，但是金属脚环扣进了它的腿脚，疼得钻心。白额大雁知道自己不能往前游动了，坚韧的水草拉住了它。这时，密林中有树枝折断的声音。白额大雁的脚掌立即停止挣扎。它把身子慢慢转向岸边。

云杉林的黑暗中，有两点黄色的火星定定地盯住了它，这是一双不眨的眼睛。白额大雁想嘶叫，可它吓得喉头直发堵。由于恐惧，它的整个身子麻木了，发僵了。它觉得它只消稍稍一动弹，那瞅不见的妖怪就会扑将过来，压住它，把它碾成肉酱。突然，它的一侧被猛地推撞了一下。当它的双眼离开那对凶恶目光的瞬间，它看见一只野鸭在近旁用翅膀撞它。这时，失去疼痛感的身子救了它。白额大雁猛地用力一扯，缠住它脚的水草扯断了。它一声大叫，展开双翅，哗啦啦在水面狂奔起来。受惊的野鸭们都从沼泽冲飞开去。

这时，密林中传来一声狐狸凶恶的嗥叫。接着，嗥叫声转成吱吱的尖嗓声，再转而成为呜呜的咆哮。野鸭们听到野兽跑开的声音，脚踩树枝的咔嚓咔嚓声越来越小了。狐狸知道，这会儿受惊的野鸭们全瑟缩在沼泽中央，在岸边的它，是不可能袭取到它们中的任何一只的。

野鸭们和白额大雁都纷纷钻入水中。它们还没有吃饱，还不想马上离

开这片沼泽地。

可是敌情四伏。它们知道，各种各类的天敌正躲藏在四周的黑暗中。

"呜——咕呜！"突然，从森林的黑暗中传来杀气腾腾的叫声——这是鹭鹰在叫。

刚刚飞落水面的野鸭群，有的一齐扇动翅膀，有的在水面飞掠。

"呜——咕呜！呜——咕呜！"鹭鹰从另一边传来凶险的呼应声。

野鸭们疾速飞向空中，在森林上空逃跑。

　　"呜——咕呜！呜——咕呜！"鹭鹰的叫声从下方传来，野鸭群对这叫声已不感到惶恐了。

　　天渐渐亮了。村庄里到处都有人走动。

　　野鸭群从容地飞翔着，飞了一个钟头。晨光迸射在东方，把天上的云彩成片成片地抹红了。晨光洒满了大地，远处，一座城镇的彩色屋顶朦胧地显现出来。

　　鸭群已经飞远了，鹭鹰只好快快回家去，回到一幢建筑物的金色圆屋顶下的它那个家去。

第四章 被大苍鹰追击

这时，大苍鹰已经追上了野鸭群。

大苍鹰像疾风似的，飞过一个又一个刚刚苏醒的村庄。家鹅们看见这大苍鹰的身影，就乱成一片，惊叫着，慌忙往棚子底下逃窜。

大苍鹰追呀追呀，村庄、旷野、麦田在它下方一闪而过。最后，它来到一片大枞树林上空。小个子鸟群在村庄上空出现，一会儿飞向这里，一会儿飞向那里。大苍鹰的出现，使它们四散逃命。它们有的往上飞，有的往下飞，有的往四面飞，只要能避开这大苍鹰就行。

其实大苍鹰压根儿不在意这些小个子鸟：前面有大个儿猎物在等着它哩。

大苍鹰飞得越来越快了。

刚升起的太阳在东方天空照耀。这时，大苍鹰看见了远处有一座城镇。

在这同时，白额大雁由于感觉不到危险的随袭，就渐渐飞得慢了。它好奇地从高空往下望着展现在它眼前的城市。

人们还在家里睡觉。

城市还没有现出一点活气。红褐色铁皮覆盖的石墙向四方延伸。四方形的、斜角形的，各种大大小小的房子，挤挤挨挨，鳞次栉比。狭窄的街道使人想起干涸的运河。城市中心的大街像一条宽广的河床，两边的高楼把河床紧紧挤夹。

野鸭群缓缓地飞行。它们在不断降低飞翔速度。大苍鹰对野鸭群的迅捷追踪，使它与野鸭群的距离很快缩短了。但是无论是野鸭还是白额大雁，都没有发觉满怀杀机的追踪者。白额大雁注视着一幢雄伟建筑的金顶。太阳金灿灿的光芒照射得它分外耀眼。

白额大雁看见一只鸟从金色的圆屋顶下滑翔出来，迅速往上飞。很快，它就辨别出这翅膀镰刀状的鸟是鹫鹰，是一种猛禽。

一群野鸭惊慌地呷呷叫起来，立即，整群野鸭都往高处飞升。鹫鹰迅捷地飞升到野鸭同等的高度便于它攻击。现在野鸭得救的希望，取决于能否飞得比鹫鹰还快，叫鹫鹰追不上；取决于能否飞得比鹫鹰还高，不叫自己的背部暴露在鹫鹰的视线之下。

野鸭一声不响，憋足劲儿同鹫鹰进行这场空中较量。这种耗神费力的较量进行了长得要命的几秒钟，就谁都感到在云端氧气稀薄，呼吸困难了。

白额大雁发现，尽管它竭尽全力疾飞，鹫鹰还是处在一个瞭望方便的位置，并且离它越来越近了。

血液在它头脑里奔突着，嗡嗡作响；心脏在它胸腔里怦怦地狂跳。

忽然，鹫鹰不再上升了。短暂的片刻，鹫鹰悬浮在空中，然后转身，箭也似的闪向另一方向。野鸭群利用这鹫鹰飞开的时刻，齐心协力拼命朝前飞。瞬息间，白额大雁瞟见鹫鹰的翅膀在自己上方很快闪现了一下。它隐约从身下水中倒影里看见，鹫鹰迎它扑来。但是不一会儿，它忽然看见有两只鹫鹰的身影出现在眼前。

这时白额大雁看了一眼前方，情不自禁发出一声欢呼：在它眼前，一轮红日从海面跃起，浪花被万道金光照耀成无数的金星。

白额大雁必经的候鸟海上迁飞的大道，正是从眼前的朝霞间通过的。

在城市上空，大苍鹰看见夹飞在野鸭群中的白额大雁，它加快了飞行速度。它目不旁视，顾不上看两侧，因为它每扇动一下镰刀形的翅膀，就会缩短一点同白额大雁的距离。现在，它得飞更高些，以便从上方往下撞击白额大雁。

野鸭群中没有谁回头看。也就是说，没有一只野鸭发现了它大苍鹰。但是野鸭们直往高处飞升是什么缘故呢？

大苍鹰向下瞅了一眼，它这才发觉有另一只鹰——就是那只鸶鹰，朝它飞上来了。它的头脑一下没有拐过弯来，还以为是看见了自己照在水里的影子呢——那向着它飞来的鸶鹰，模样跟它是这样的相像！接着的瞬间，大苍鹰明白了：为什么野鸭们要往上飞升——原来是另一只鹰也在尾随野鸭群哪！

大苍鹰的对手也发现了它。那鸶鹰迅速往高处飞升，然后突然原处转身，横向对着大苍鹰飞扑。

顷刻间，两只鹰飞在同一高度上。

大苍鹰从日出时分起一直鼓足劲儿追跟野鸭群，它这会儿感到有些累了，但它的个子要比对手大得多。

刚从城市里飞起的鸶鹰，个头虽小些，但它昨晚养蓄了足够的气力，正朝气蓬勃、精神焕发，可以以逸待劳地来对付敌手。它喀哈喀哈地发出挑战的叫嚷，向着对手冲扑过去。

　　大苍鹰听到这亡命的叫嚷，顿时失去了勇气，转身逃得不见了踪影。

　　城市的鹫鹰得胜地狂叫着，追击大苍鹰，直到把大苍鹰驱逐出城市上空，然而这时野鸭群已经飞远了，鹫鹰才无奈地快快返回自己筑在金色圆屋顶下的窝里——它就是在这里看见白额大雁的。

　　在金色圆屋顶的高楼里，它同喧闹的人群生活在一起。胆大而野蛮的它，像所有的鹰一样，常常抓吃从它上面飞过的鸽子和寒鸦。城里人甚至于压根儿就想不到，这放肆的猛禽竟与他们生活在同一个城市里。常有人见鸽群被突然出现的鹫鹰惊起，丧魂落魄地从他们眼前飞过，然而他们几乎想不到该仰起头朝上望望，或是留神注目一下，追究追究鸽群骚乱的原因，或是注意一下，鹫鹰究竟是从什么地方出来袭击鸽群的。

两只鹰狭路相逢，使白额大雁捡得了一条命。它头昏脑涨、筋疲力尽，不得不逃到城郊树林里去找它的喘息之地去了。可是，正当它在这儿喘息的时候，野鸭们已经到达海上，与其他要飞越大海的候鸟合成一群了。

第五章 牵挂

天天牵挂着白额大雁的米沙，把一张大地图摊在自己眼前，在上头找到比台勃斯克城，并用铅笔做了个记号。

每想到他放飞的白额大雁的事，他的心就总也不能平静。

"飞吧。"米沙想，"让它飞到它被逮住的地方去吧。"

不错，它是在那里被装在一只敞开的篮子里，带到彼得堡来卖的。这没有什么，信鸽也是那样被装在篮子里放飞的。它们都能准确无误地找到回来的路，回到自己的鸽笼里。那么，大雁会怎么样呢——也有这个本领吗？

米沙陷入了沉思……

白额大雁，人们说，是栖息在最北地带的候鸟。从地图上看，最北地带有许多湖泊，大些的有拉陀什湖和奥涅加湖。再往前飞，就要经过许多小湖泊，最后飞到新地岛的什么地方去。在那儿，会是一个什么人逮住它呢？那里有各种民族的人。要是被某个涅涅茨猎人开枪打死，怎么办呢？他会懂得按照脚环上写的地址，把大雁的下落告诉莫斯科吗？

"爹！"米沙忽然拉开嗓门叫父亲，"涅涅茨人也知道按照脚环的规矩，把白额大雁的情况告诉莫斯科吗？"

"你说什么？"父亲从自己的书房里问，"什么人？什么环？"

"我说涅涅茨人。要是新地岛那里的涅涅茨猎人打死了我们的白额大雁，他会按照脚环上的地址写信告诉莫斯科吗？"

"你说的是白额大雁呀！十分可能的。北方的猎人，那里民族的人都是挺不错的，挺可爱的。带着脚环的鸟飞到北方，要是被发现了，他们会很快在当地传开这消息，当地鸟类保护协会的人就会把情况告诉莫斯科的。"

"我也是这么想来着。"米沙说，"我想咱们会得到从新地岛来的消息的，他们会说'白额大雁向你们问好'。"

米沙从地图上抬起头，出神地眺望着窗外。

这时，他一下吓得瞪大了眼：窗外大雪飞扬，十足是一场暴风雪。米沙不禁想："唉，白额大雁算完了。冬天又来了，大雁这会儿在什么地方呢？它会飞回自己的窝吗？"

米沙到父亲房间去，把自己的忧虑告诉父亲。父亲说："关于白额大雁的情况现在什么也不知道——很可能，白额大雁这会儿所在的地方根本就没有暴风雪；很可能那里的天空一片晴朗。就算是遇到暴风雪吧，也不是所有的鸟都会在暴风雪中丧生的。完全没有必要把事情想得那么可怕！"

"不！"米沙坚持说，"咱们这事没想周到，不应该这么早早就把大雁给放掉的，应该等到更暖和些的日子咱们才放飞的。它在咱们这里过惯了温暖的日子，现在要冻死了。"他摊了摊手。

第六章 艰难的旅程

候鸟经过的海路上，每到春、秋两个季节，喧闹声就激荡不已。

一年两度，迁徙的候鸟们在这条通道上拥挤着飞越大海。一年两度，它们追逐阳光飞行，绕过地球的四分之一。全里程的一端在长年幽暗的北冰洋，另一端在四季鲜花常开的赤道地带。

早春时节，阳光往地球下方滑行，无可阻挡地驱赶着北方长久的冬暗，冲破冰雪，把被禁锢的海水都解放了。一到这时，无数生活在海上和海滨的候鸟从南部欧洲和非洲的湖海飞起来。长长的鸟阵，看不清哪是头哪是尾，沿着非洲海岸和比利牛斯半岛，经比斯开湾、北海和巴伦支海飞向北方。

芬兰湾是候鸟们非经过不可的地方，从这里穿过森林上空，经过漫长的湖泊群到寒冷的白海，再往前，沿北冰洋的岸边飞到新地岛。在这里，它们营巢，并孵出毛茸茸的雏鸟来。

它们很忙碌，因为北方的夏季很短。等到小鸟长大、学会飞行，它们就又得准备结群去追逐溜走的阳光，往南飞了。秋天，是候鸟迁徙通道上最拥挤的季节。

远程飞行是很不容易的。但是南方丰盛的食物和无虑的生活很快鼓舞起它们消耗不尽的气力。时间过了一个月又一个月。忽然，一种无端的不安攫住了它们。它们本能地骚动起来了。

在远方，在它们的出生地，春天在召唤它们。

于是，它们中最早的一群起飞了，接着一群又一群，起飞了，起飞了，

一队一队又一队，飞向遥远的北方。

芬兰湾的冰雪已经消融。最后的冰块在岩石和浅滩上碰碎了。碎裂的冰块在平静的水面上闪光。它们为远程飞行的候鸟提供了临时的栖息地。

就是在这样的冰块上，停落着疲惫不堪的白额大雁。

它跟同飞的野鸭群飞散了。野鸭们在海滨寻找食物，而它依旧持续向出生地飞去。

这一带它很熟：去年秋天就是在这里同自己的鸟群失散的，也是在这一带，它被渔网挂住了，不幸落入了猎人之手。

但是周围一只大雁也看不见。

中午时分，正是休息的时候，只有少许急于寻找食物的鸟群往远方飞去。

冰块上方，海鸥在前后左右飞来飞去，一只又一只，高高扬起背上的翅膀，冲向波峰浪谷。水花时不时掩去了它们白色的身躯。白额大雁休息了一会儿，又重新展开翅膀，很快飞离冰块。它的嘴里叼着一条小鱼，银色的小鱼在它嘴边一闪一闪。

白额大雁完全不去注意那些海鸥，它只顾在灰色的海浪间寻找。在浪涛间出没捕鱼的是凫鸟。常在它眼前出现的一种是白颊凫，一种是翅膀上有白色条纹的海番鸭和色彩斑斓的长尾鸭。

在冰块和海岸间，在离白额大雁很远的地方，它发现了两只鸟。它以为是大雁。在阳光下，海浪不时闪着白铁似的光；眼睛注视远方久了，也显得有些疲累。

于是白额大雁就飞降到海面，向那两只鸟游近。

海浪在它眼前耸起，使它一时看不清海面。

这样过了几分钟，它终于又看见了那两只鸟——只是它们已不在刚才从冰块上发现的那个地方了。那两只鸟垂下头颈，飞快潜入水中。白额大雁看清它们中的一只背上有白条纹，它的嘴尖尖的，完全像大雁。

它认出了它们，这是一种大型的海鸟——阿比鸟。

现在白额大雁离海岸不远了。这里聚集着各种各样的鸟。

这里，靠岸的一些小海湾里到处是淤泥。野鸭们能在这里找到它们需要的许多食物。

各种各样的野鸭各自成群觅食。它们一会儿相聚到一起，一会儿又分散开来。只有玲珑的小水鸭在各群野鸭之间灵敏地穿来穿去，跟哪群都合得拢。

羽毛杂花、脑袋火红的红颈鸭也来到这里；背上布满细波浪纹的长尾鸭也来到这里；还有许多与白额大雁搭伴飞来的野鸭也来到这里，它们全呷呷叫唤个不停。这里的野鸭实在太多了，而且它们相貌都差不多，白额大雁就是看见原来相识的，这会儿也不一定能一下认出来。

一片咿咿呀呀、唧唧呷呷的叫声中，海水被扑腾起来，飞溅成一片。它们都吃饱了自己的肚子，这样，晚上再上路飞行时就有足够的气力了。这片水面上到处闪耀着各种色泽的羽毛，有的是紫色的，有的是灰色的，有的是绿色的，全都像一面面小镜子般的耀眼。

这可真是个美丽的大景观。那些公野鸭的春装更是特别鲜艳、特别好看。不过，白额大雁这会儿压根儿没心思看它们。它不能跟它们合伴，它越来越感到孤单，因为这里找不到它要找的那只公雁。

饥饿折磨着它。它在野鸭群里，从水底觅食。

过了许多时候，它才吃饱。自从获得自由以来，它头一次觉得自己吃饱了，第一次完全消除了旅途的疲劳。

午间休息结束了，又得重新踏上遥远的征程了。

大海上空，越来越多地出现飞往北方的候鸟。天穹中洋溢着喧闹、嚣叫和翅膀扇动的嚯嚯声。

森林那边的什么地方传来一声仙鹤的嗓叫声，很响很响。

海面上传来白颊凫大嗓门的多声部啼叫声，和海鸥那长长的呻吟。

白额大雁重新鼓足力量，到大海里去寻找自己的雁群。

傍晚时分，白额大雁独自在大海的冰块上停下来。就在这时，就在它站稳在冰块上的时候，候鸟一群群从它头上飞过。

太阳已经沉入大海了，天气变坏了，乌云慢慢爬上了天空，水面飘荡起灰蒙蒙的雾幔。乌云越来越浓密地包裹了冰块，大雁于是浑身都潮湿了。

从鸟群飞过的方向，传来号筒似的叫声，十分嘹亮，响彻云霄。过了五分钟，又传来同样的鸣叫声。

三只天鹅——三只大白鸟，闪着银光，沉重的翅膀慢慢地一扇一扇，在空中平稳地滑翔。它们长长的颈项平平地伸向前方。

天鹅折转身飞回来了。可以看出，它们实在是不能再往前飞了。

白额大雁蹲着的大冰块引起了天鹅的注意。它们旋了一个大圈，慢慢扇动翅膀降下来，落到水面。最后蹲在水面上，向前游了一会儿，因为它们没有气力马上停住。它们昂起颈项，用高傲、庄严的神态安详地环视着大海，然后一只接一只登上了边缘已经融化的大冰块。

雾更浓了。一片混沌中，再望不见飞向北方的鸟群了。

密集的野鸭群乱哄哄的，也跟随天鹅转身向后飞来。它们飞到冰块上空，在冰块四周稀里哗啦落了下来。

前面，在候鸟迁飞的通道上，候鸟们遭遇了不幸：浓雾像幕墙似的遮挡了它们的视线。四周一片灰暗，候鸟纷纷撞到灰色的礁石上，成群成群地死了。那些侥幸活下来的也迷路了，于是不得不返飞回来。

白额大雁不知道，前面已经撞死的就是自己的同伴。它还在那里久久伫立，注视着愈来愈浓的黑暗，尽力提高嗓门叫唤着，希望能有它熟悉的声音来回应它的召唤。

返回的鸟群都安顿着过夜了。最后，白额大雁也开始阖上了眼睛。它把头钻到翅膀的羽毛下，进入了梦乡。

第七章 遇见同伴

白额大雁睡得很熟。梦中，它只听见群鸟含混不清的叫声和海浪撞击冰块发出的哗哗声。

在睡梦里，它忘却了自己的孤单。它仿佛觉得它是在同类的鸟群中。它甚至听到了雁群在它的四周高声交谈。

它的肩头忽然被撞了一下，于是它醒了。它很快把脖子从翅膀下舒展开来，睁开双眼。头几秒钟，它什么也看不见。四周一片漆黑，雾更浓更稠了，有一种黏糊糊的感觉。海浪的溅拍声妨碍它辨别其他的声音。

接着它又被撞了一下，这下撞在了它的胸口上，差点儿把它撞倒。这时，就在耳边传来它熟悉的叫声。

白额大雁拼尽全力大叫起来。

黑暗中，前后左右都传来同样的叫声。大雁们纷纷叫起来。

这该不是梦吧？它真的是在同类的群体中间。这些雁是在它熟睡时落到冰块上的。它们在茫茫大雾中侥幸找到了回来的路，落在了冰块上。

老资格的领头大雁在黑暗中碰撞了白额大雁一下。它用嘴推了几下白额大雁，想把白额大雁从冰块上赶开。但是后来听出白额大雁是自己的同类，也就退到一边去了。白额大雁仔细一看，领头雁后面有一群大雁，便赶快向前走去。

雁群让开一条路，白额大雁走过后又合成一片。

清晨，雾渐渐淡了。海面刮起了风，虽然轻，但是雾已被刮成了七零八落的碎片。

大雁们依旧蹲在冰块上。

这个早晨，整条候鸟飞行的通道上，没有一只鸟比白额大雁打从心底里感到更加幸福。

它无忧无虑地在冰块边上游动，美美地弯起它的颈项，整理着自己胸间的羽毛。游在它身边的是一只公白额大雁。

这真是亲密的一对。它们在一起生活了三年，在母白额大雁落入猎人手中之前，它们时刻相依相偎，形影不离。

今天，它们又幸福地重新团聚在一起了。

母白额大雁不想再游了，它爬上了冰块。这时，借着海上明亮的阳光，公白额大雁立刻看见了它伴侣的脚上有一个宽宽的金属环。

公白额大雁马上动嘴啄金属环，想把伴侣脚上这多余的东西啄掉。但是它的嘴远远敌不过坚硬的金属环。像刀一样锋利的金属环损伤了它的嘴壳，还感到疼痛哩。

这时候，领头雁发出了集合的叫声。

立刻，全体大雁都聚在一起，静候着领头雁传来出发的命令。

领头雁又叫了一声，然后缓缓地展开翅膀，滞重地朝天空飞起。在它的后面跟着飞行的是一些年老的大雁。年轻大雁飞在最后。

大雁的雁阵飞到海岸边，就往高处飞升。它们的身下是森林。大雁们安详地从高处往下俯瞰，悠然地叙谈着。

领头雁疲倦了，它就飞低些，并且飞到了雁阵的尾梢上。领头雁的位置由一只老公雁替补。这样，队伍还依然有条不紊。

母白额大雁飞在公雁的后面，位置在队伍的中段，它看到一只大苍鹰站在森林的一棵枯树上。领头雁也发现了大苍鹰。

但是猛禽这次并没有吓倒白额大雁。

领头雁并不加快飞行，也不发出警报。

飞过森林，显现出一个村庄。

领头雁叫起来，雁阵往高处飞升。

屋顶上处处冒着炊烟。街道上走着行人。这行人中间，有一个猎人，去年秋天，白额大雁就是被他网住的。

猎人听到天空中的叫声，就仰起头，手搭凉棚遮住阳光，对着渐飞渐远的雁阵看了很久。猎人看见，雁阵一飞过村庄就开始降落了，降在了郊

外田野上。

于是猎人揉了揉仰得发酸的脖子，转身回家，急忙掩蔽到村边上一幢棚屋里去。

雁阵降落在村外的一块越冬庄稼地里。大雁们四散开来，啄吃地里的嫩苗。只有两只年长的大雁站着一动不动。它们站着，脖子伸得长长的，挺挺的，毫不懈怠地警惕着，守护着四散的雁阵。

母白额大雁和公雁在离值岗大雁较远的地方啄吃嫩苗。但是一传来"阁——阁——阁——阁"的警报声，它们俩就像其他大雁一样，立即忘了饥饿，小心仔细地向四下巡望。周围没有发现什么可疑的迹象。不错，是有一匹马从村子方向慢慢踩着碎步走来。看来，拴它的缰绳被挣脱了：它脖子下还晃着那截绳子哩。但是大雁不怕马——要是马背上不骑人的话。

附近没有人影。白额大雁又啄吃起嫩苗来。其他大雁也都平静下来。

担任警卫的大雁"阁阁"叫得更响了。白额大雁看见，那担任警卫的大雁定定地望着那匹走近的马。它怎么也弄不明白，为什么马会让警卫大雁这么心神不安。这一次，所有的大雁都聚拢来。雁群密密匝匝地簇拥在一起。所有的大雁都注视着那匹走来的马。现在白额大雁感觉有一种莫名的不安了。它越看马，越觉得奇怪：这马似乎有好多条腿。于是它心里害怕起来。最后，警卫雁从地上飞起，飞到这只奇怪的动物身边，绕了一圈。

雁群等警卫雁回来报告侦察结果。警卫雁飞到离马才一半路程的地方，就立即折转身，发出逃跑的信号。

雁阵叫起来，嗖嗖扇动翅膀，紧随领头雁慌忙飞了起来。

那躲在马后的猎人闪到一旁，拿枪瞄准雁群，追踪放了一枪——砰！

但是大雁们及时接到警报，它们已经飞远了。

懊丧万分的猎人气恼地向空中挥舞拳头，在后头叫道：

"你反正跑不掉的！我叫狗去撵你！"

第八章 又遇猎人

夜间，猎人走出森林，来到海滨。他的猎枪枪筒长长地从他的肩膀后头露出来，身边颠儿颠儿跑着一条杂种卷毛狗。

猎人向四野环视着。半明半暗中，他看见了沙岸，倾斜着向远处延伸。不远处，一片小海滩平静地微微闪着亮光。他向海岸走去，脚下是一大片水草。水草的气味扑鼻而来。

他的脚步声惊扰了水草丛中的野鸭。野鸭惊叫着，扑动翅膀。猎人不去管它们。他不是为打野鸭而来。

猎人走到斜岸的最边上，站住了，从肩上取下枪来，从腰间解下装着面包的口袋。他把口袋扔在沙地上，小心翼翼地把猎枪搁到口袋上。狗马上蹲下，守望着主人的东西。

猎人在附近找到一块木片，很快在沙地上挖了个坑，用沙将坑围了起来。然后，他把海潮冲上来的树枝呀，木棒呀，枯草呀，统统都捡了来，用它们堆成一个瞄准射击用的掩体，免得让大雁发觉。

猎人往枪里上好子弹，然后在掩体里埋伏好；他吹了声口哨，把狗叫到自己身边。现在，从倾斜的沙岸上看过来，既看不到人也看不到狗了。

这时，天渐渐放明了。猎人埋伏在掩体里，看见一长条白云贴在海面上，先是被染成金红，继而被染成鲜红，接着是被染成鲜艳的紫红。再过数分钟，在平静的海面上，在白云下方，徐徐升起一轮耀眼的红日。

清新的晨风轻拂着枯草，沙沙作响。

从大海海面传来海鸥叹息似的叫声。

大群大群的候鸟，时不时鸣叫着飞向远方。

猎人肚皮贴在掩体里，所以只能看见前面的东西，也就没有发现从他后面的树林里飞出来一只大苍鹰。大苍鹰的两扇尖尖的翅膀在空中一闪而过，眨眼间藏进了孤立在沙滩嘴上的一棵松树枝叶丛中。

用羽毛把自己装饰起来的猎人，埋伏着，等待自己的猎物。

不多一会儿，一大群候鸟落在了白色冰块上。不过这冰块离猎人还远。

在斜坡上，埋伏着的猎人听到了鸟群的喧嚣声，狗立即从掩体里跳了出去，它刚想在沙地上蹲下来，只见从掩体里扔出一小块面包来，擦着它的鼻子飞过。狗马上去追面包，它刚抓住要吞下呢，又一块面包从掩体里扔了过来，落在了离它几步远的沙地上，狗又跑过去把那面包捡了起来。

从掩体里飞出的面包，在远处是看不见的。但是候鸟们看见了狗，就弄不明白为什么这狗在沙地上来回疯跑。

站在冰块上的白额大雁下到水里，游向岸边。它把头转过来转过去，好奇地注视着这只跑来跑去的狗。

很快，从岸边能分辨出鸟的羽毛是灰颜色的，它竖着尾巴，脖子昂得直直的。

面包一块接一块从掩体里扔出来，扔到各个方向，饥饿的狗依旧为了寻找面包而来回奔跑。从掩体的一个缺口里，伸出一支枪筒来。但是白额大雁没有看见枪口已经对准了它，所以它还直对着狗看，想看出个究竟来。最后，枪口瞄准了白额大雁的胸部。

猎枪始终准准地对着白额大雁。阳光在明亮的枪筒上闪烁。这明亮的闪光落到白额大雁眼中，引起了它的怀疑。

恐惧压倒了好奇。它立即飞离水面往后转，回到雁群中去。

猎人在掩体里连声咒骂。猎物又从他手中滑脱了：白额大雁已经飞出了他的视野。

就在这时候，大苍鹰从自己的埋伏点冲出，扑向白额大雁。

才几秒钟的工夫，大苍鹰就追上白额大雁，旋风般在它背部猛抓了一下。

白额大雁仿佛觉得自己断成了两截。大苍鹰从它上面飞过，一抓，鹰那锋利的钩爪像几把小刀划开了它背上的皮。

由于疼痛和害怕，白额大雁的眼前一阵发黑。它展开翅膀，伸直脖颈，哧溜溜往下坠落。

大苍鹰掉转头，伸出它的利爪，想把白额大雁抓到空中。

说时迟那时快，岸上突然火光一亮，嗵！一声震耳欲聋的枪响。霰弹从两只鸟身边哗哗落下。大苍鹰向天空一冲，很快消失在了远方。白额大雁半死不活地掉入水中。猎人往后一蹭，从埋伏坑里跳将起来，脱掉鞋袜和裤子，只穿一件汗衫向大海跑去。

冰冷的海水扎得他的双脚生疼。但他不顾一切，跑出百来步，去抓正在流血的白额大雁。

当猎人来到白额大雁身边时，白额大雁已经动弹不得了。猎人抓住白

额大雁的翅膀，从水面拖到岸上，扔在汪汪叫个不停的狗面前。

狩猎活动结束了。那些停歇在冰块上的白额大雁的同伴们被枪声惊起，飞走了。

这会儿，在候鸟迁飞的通道上，这群大雁已经飞得很远了。

第九章 装死

"哎，狗，咱们今儿个运气不错，我到林子里去捡些柴火来。"猎人对狗说，"这大雁在海里就死了。咱们烧上一堆火，把它烤了吃。"

猎人穿上鞋袜，伸手将白额大雁捡起来。

他的目光停留在白额大雁脚杆那反着白光的脚环上。

"瞧，这大雁还做了记号哩！"他细看着脚环说，"这脚环上还镌着字和号码呢。

"咱们碰上难题了！"他不知如何是好，对狗说道，"现在可怎么办呢？村里人要是一说出去，要是让主人知道了，就会说：'他打死了我的雁，我家养的雁。赔我钱！'不行，这样不行。我这就把脚环取下来，扔进大海，不见脚环，主人就认不出来了，它就是一只野雁了。去年秋天，我从渔网里捉得一只这样的白额大雁，在彼得堡卖了个好价钱哩！"

猎人沉思起来……

"这回卖不成了！"他拿定主意，"烧火烤了吃吧，吃了就什么都完了。"

猎人把白额大雁扔到枪和口袋旁边，叫过狗来，叮嘱它好好看住这大雁。

"哎，畜生，"他离开时补了一句，"你倒是别打这大雁的主意哦！"

狗像以往一样，给蹲在一旁的主人守护着东西。

口袋里透出诱人的面包香味儿，而鸟呢，也叫它嘴馋。可是这两样美味的东西是不许碰的。得等着，直等到主人回来。有好吃的东西，主人从来不忘记同它分享。今天这美味自然也不会少了它一份的。期待中，这狗似乎闻到香味了，它陶醉地眯起了眼。放着东西的地方窸窣响了一下。狗睁开眼，不免惊奇发呆了——三步外躺着的白额大雁活过来了。

这鸟同狗无声地对视了片刻。接着，狗大起胆子向白额大雁扑了过去。白额大雁不让狗靠近，嚓啦，它用翅膀斜刺里扇了狗一巴掌。这一巴掌扇在探过来的狗鼻子上，狗一下子翻倒在地，滚在一边。

狗疼得晕了过去。白额大雁这一扇，力气用过了头，自己也侧身倒在地上。然而它当即站了起来，很快钻入水中。

大苍鹰的爪子扫了它背部一下，并没有给它造成致命伤。但是猎人来抓它那一会儿，它因为流血过多，实在身体虚弱，以至于不能飞起，也不能钻入水中。它除了装死，没有更好的办法。大雁遇到危险，往往都是采取这样的办法自救的。

它装死的好办法使猎人上了当。猎人想着，这雁已经死了，也就不再管它了。白额大雁在沙滩上躺了一阵，恢复了失血后的气力。

它成功的一扇，给自己开辟了一条活命和自由的道路。它跑到海岸边，跳进了水里，很快消失在水草间。

猎人抱了一抱干柴往回走，来到掩体边。

狗没有来迎接他。他踢了狗一脚——他以为这畜生在打瞌睡哩。

小个子狗有气无力地站起来，但它站立不稳，左右摇晃着，忽然哀怨地吠叫了一声。

"你怎么啦？"猎人奇怪地说，"你疯了吗？"

这时，他看了一眼自己的东西，这才发现枪旁边的大雁不见了，旁边沙滩上也不见大雁。

"大雁呢？"他厉声对狗狂嚎。

但是狗只不好意思地晃着尾巴，还可怜兮兮地叫着。

"畜生！你这该死的畜生！"猎人嚷道，"你还哭丧似的叫个啥？"

猎人嘴里这样嚷着，心里却感到深深的惶恐。他的脑袋里掠过这样的话："这不是普通的大雁呢……它带着脚环的……一下子不知跑哪儿去了。狗还差点儿送了命……"

猎人急忙抓起枪和口袋，大踏步向森林走去。狗夹着尾巴在他身后紧紧相随。

躲在水草中的母白额大雁看见敌人走进了树林。大海上传来对它的呼唤。它听得出来，这是公雁的叫声。

叫声愈来愈近。母白额大雁想展翅向公雁飞去，但它感到双翅无力，飞不起来。这叫声使它的心胸感到痛楚和绝望。它的气力已经耗尽了！

倾斜的沙岸上传来回声。过不一会儿，沙岸上方就出现了公雁的身影——它没有跟随雁群飞去，为的是留下来寻找失踪的伴侣。

公雁又叫了，叫得异常的响亮，但是得不到回应。

它在水草上方旋飞了一圈，边飞边叫。

还是没有回应。

这时，它向海面降落下来。不见伴侣，它不愿再去追赶雁阵了。

第十章 休养

日子一天天过去。雁阵迅速飞越了大海。大苍鹰也早已往北方飞去了。现在，在飞往北方的路上，多的是它可以猎杀的候鸟。

白额大雁的同类都已成群地到达了出生地。只有一对白额大雁不在它们的队伍里。

这一对白额大雁留在了长满水草的沙滩上。最后一些冰块已经漂远了，融化了。海岸上长满了青草，岸树都被团团翡翠似的轻雾笼罩起来。

小海湾是供千万候鸟休憩的地方。这里成了远飞候鸟的路边小宿店。候鸟倦了、累了，就在这里歇歇脚，吃些东西，养养力。

现在到这海上旅馆来栖身的，更常见的已经是另外一些鸟客：腿脚长长的鹬鸟，一溜儿在海滩上排开。它们往往是飞一程就停下来休息一下。这里能给它们补充食物，又没有危险，所以是它们最好的暂栖场所。

白尾鹰是海上大鸟，每天早晨在这一带森林里出现。它们不大扇动翅膀，而是平静地在海滩上空滑翔，飞向辽阔的大海。

在无垠的大海上，白尾鹰抓捕大鱼供自己充饥。它一般不袭击鸟类。

然而，所有的海鸟都知道，要是白尾鹰找不到鱼作早点，那么它就不会放过任何落到它爪下的鸟。因此，白尾鹰在远处一出现，鸟们就都四处飞散了。白尾鹰抓了鱼之后，回到森林中，那里有它们的巢。它把鱼扔给正在孵蛋的母白尾鹰后，自己转身回到大海，再去继续捕鱼。

它就这样在同一条路上往返飞行，一天数次。每次它飞过，鹬鸟们就急忙飞离海滩。

但是破坏鹬鸟们平静休憩的不只有白尾鹰一种猛禽。还有一种大灰鸟，也常在水草丛中出现。它一来，鹬鸟们就跳入水中，游向海岸。

因害怕鹰鹫而从水草丛中飞起的长嘴鸟们，在空中发出惶恐的鸣叫。但是它们终于认出来，叫它们害怕的大鸟只不过是从不伤害别的鸟类的两只白额大雁而已。它们不再害怕，又飞落在水草丛中奔跑着，它们的腿短，所以跑起来就总是摇摆着身子。

公雁在海滩的水潭中游动。它在这里能找到许多美味的食物。

它吃饱后，就回到水草丛中。这里，正在养伤的母白额大雁在等待自己的亲密伴侣。公雁到傍晚才在水草丛中找到了母白额大雁。找到后，公雁就一直守着它，不再远游了。像大雁这样显眼的鸟，在水草中是不可能不受危险威胁的。但是母白额大雁的一只翅膀被苍鹰抓伤了；它不能飞，身体总是虚弱。因此，它的忠实伴侣只得出没在大老鹰的眼皮底下，引开大老鹰的视线，为母雁分担着危险。

后来，终于到了这一天，母白额大雁决定在公白额大雁的陪伴下，离开藏身之地，到小海湾的岸边去吃青草。

这一天，飞来海滩的鹬鸟特别多。岸边的整片水草地上印满了细枝似

的脚印。

在窄溜溜的一带水草间，容纳着各种各样觅食的鸟类。

这里的鸟类太杂太多了，两只结成伴侣的大雁不能在这里久留。当母白额大雁吃饱了肚子，公雁就低声呼唤母白额大雁离开水草地。母白额大雁跟着公雁。很快，它俩就沿着海岸飞进了树林，不见了。

从这天起，大雁再没有在海滩上出现。它们完成了渡越大海的飞行，在树林里度过了最后一次休憩的日子。五月，美味的食物使母白额大雁迅速恢复了体力；被抓伤的背部也痊愈了。

现在，这对朝夕相处的伴侣，决心向着它们的出生地双双飞去。

结尾

米沙同白额大雁分别后，过去了半年。比台勃斯克城的大街上覆着白雪。

米沙又想起他同父亲放飞的白额大雁……他仿佛看见了白得发亮的大雁前额，想起大雁炯炯有神的眼睛，以及士兵般警惕的身姿和神态。他想："难道它没能飞到它的出生地吗？"

前厅响起了门铃声。米沙父亲从房间出来开了门。过了一会儿，他叫儿子到他的房间里去。

"你读读这封信。"他把刚才收到的信递给米沙。

米沙打开信封，展开折叠着的信纸，念了起来：

鸟类保护协会：

你们所关切的标有丙类109号脚环的白额大雁，我们见到了。现在我们同你们来分享这份快乐。

白海东岸，离阿尔亨格尔斯克城50公里的普里勃莱村，有一位乡村教师，他怀着激动的心情告诉我们如下情况——

今年初夏，他带着狗在海滨打猎。一只秧鸡从他的狗眼前的草丛里飞起。教师从没有见过这么稀罕的鸟。秧鸡见到狗，就飞起来，可很快又落到草丛间，教师放长狗绳，让狗去追那秧鸡。但是秧鸡按自己的习惯快步逃跑着。狗追了好一阵，根本抓不住秧鸡。顺着秧鸡的脚印，教师来到海岸的悬崖下。

一只大苍鹰向狗扑来，秧鸡趁机溜掉了。

教师惊讶于鹰扑狗的奇观，抬头仰望悬崖，这时，他发现崖壁上有一个大苍鹰的巢。这个巢离地面约4米。他不敢靠近鹰巢，因为凶悍的猛禽会用自己可怕的钩爪来抓他的头。教师正要走开，忽然在他脚下看见了蹲在巢里的白额大雁。他脱下上衣，蒙住了白额大雁的头。

他捉住了白额大雁，带着它离开了这个危险的地方。

教师在白额大雁的脚上发现了你们给它套上的脚环。他记下了号码后，就把大雁放飞了。

从那天起，他就从远处观察这白额大雁，直到它孵出小雁来。在孵出小雁前，它一直没有离开那沼泽地边的悬崖下。

科学考察队员们一再发现，白额大雁的巢总是筑在大苍鹰巢的近旁。在凶猛的大苍鹰威势下，白额大雁有一种免受敌人袭扰的安全感。

然而科学对此还不能做出解释，为什么残暴凶悍的猛禽和在自己眼皮底下孵卵的雁类可以相安无事？

不管怎么样吧，你们的白额大雁在今年顺利孵出了小雁。我们希望当它或又一次落到他人手中时，能告诉我们关于它的情况。

10 月 22 日

下面的签名，米沙看不清楚。

黑 鹰

〔俄罗斯〕维·比安基

第一章 在阿乌尔村

阿乌尔村孤零零地坐落在林木稀少的草原上，似乎特别受到太阳的光顾。街道倒是敞亮，却无人行走，只有一个刮光了脑袋的乞讨人蹲在买卖人库马莱依的平顶房墙脚，在一棵银白杨的树荫里躲凉。另一棵银白杨底下，站着一匹备了鞍鞯的马。四散的鸽子在尘土里啄食谷粒。

天气闷热得鸟兽都懒洋洋的，连啄食都有气无力，啄一下，呆呆蹲一会儿，又啄一下，接着张嘴喘息一阵。

一个骑士模样的壮实汉子走出平顶屋。一顶皮帽在他头顶高高耸起，他拴得紧紧的腰带里插着一把带鞘的短刀。他拎着一只皮袋。随他身后走出来的那个买卖人，块头大得惊人，驼着点儿背，脸庞中央矗着个鹰钩鼻。

乞讨人见汉子走出来，头一眼就发现他的皮袋里装有烟叶。他伸出右手轻轻碰了碰额头和胸口，然后伸出左手去向汉子乞讨。

"先生，给点烟叶吧，请给穷苦的萨拉马特一斗烟。愿您万事如意！"

汉子厌恶地皱起眉头，朝频频哈腰的乞讨人瞥了一眼，从他身边走了过去。马为了迎接主人的到来，低声嘶鸣着。汉子走过去，把皮袋一把甩到马鞍上。乞讨人马上又转而跟随着来到他身边。

"饥饿的萨拉马特很想有块充饥的面包。但是闻到你香喷喷的烟叶味，萨拉马特连饥饿都忘记了。萨拉马特干燥得冒烟的喉咙要是能吸上一斗你的烟，就赛过喝上一口甜甜的美酒。哈桑，你向来乐善好施，你行行好，给上一斗……"

汉子从袋子里抓出一大束烟叶，隔着肩头往后扔了过去，乞讨人伸手一捧，接住了从空中落下的烟叶。

在一旁看着这一切的买卖人，耸了耸肩。

"噢，骑士，萨拉马特比你还有吃的呢。大方也不看看是对谁。你越大方，懒汉和胆小鬼就被养得越肥。"

哈桑不言语。他连马镫也不踩，一个翻身就轻轻巧巧骑上了马。

汉子这个翻身骑马的大幅度动作，把四散的鸽子都惊飞了起来。一时间，鸽子们拍打着翅膀，白的、灰的、棕红色的，满空都在晃动，都在摆荡。

陡然间，一道闪影像一把黑色的长刀，把满空飞旋的鸽子群劈成了两半。鸽子忙向两边躲闪开去，霎时间消失在银白杨后面。

哈桑不由得一惊，猛抬头看。太阳耀眼地高悬着。天空没有一丝云彩。但是银白杨上方，一只黑漆漆的游隼正轻捷地腾空而起，它冲飞的路上飘落一根羽毛。游隼的利爪间已经抓着一只鸽子——它显然已经死了。

"游隼！"汉子惊叫起来，"真够厉害的！抓鸟竟爪不着地！"

"不见了！"买卖人无动于衷地说，"你到旷野里追风去吧！"

"它逃不脱的！"

哈桑把缰绳一抖，就放纵马任它沿街飞跑起来。

他身后扬起的尘埃徐徐落到了地面。

"年轻人，血气方刚！"本来蹲着的乞讨人嘟哝着站起来说。他边说边向买卖人眨了眨眼，然后自语道，"黑鹰，鹰中的上品啊。萨拉马特也在打它的主意呢。"

买卖人库马莱依进了屋。过不一会儿，他魁梧的身影又出现在平铺的屋顶上。他从屋顶上能瞭望到整片草原。他看到汉子纵马狂奔在无边的草原上。

哈桑勒住马。马的飞奔竟追不上抓着鸽子负重飞翔的黑鹰——游隼不见了，仿佛在空气里融化掉了。

哈桑回过头来，发现一间平顶屋上有一个黑点。依猎鹰人的习惯，他警惕地把手伸向了短刀。"在瞅我哩……"哈桑担心地想。

随即，他纵声哈哈大笑起来。

"你跑不掉的，只要我耐得住性子。"

他自语着，拨转马头，向着家的方向跑去。

第二章 迷上了黑鹰

从看见游隼这一天起，哈桑像着了魔似的，不找到游隼就誓不罢休。天才蒙蒙亮，他就跨上马背驰向草原，去找游隼。他找啊找啊，一直找到天黑。他深信：这只在他眼前飞掠过去的黑鹰准会在草原的哪个角落出现。然而，大出他所料：日子一天天过去，而黑鹰死活找不到。

常常会有这样的情形，一条稀罕的小鱼游着游着，会偶尔游到急切想钓到鱼的钓鱼人眼皮底下，晃上一晃，然后消失在清水深处，再不浮上来了。河水后浪逐前浪，滚滚奔流向前，那条小鱼也许已经游到另一条河流优哉

游哉晃荡去了，而垂涎三尺的钓鱼人心中还依旧保持着银光一闪而逝的情景。一次又一次，在这里，在那里，钓鱼人把鱼钩抛到小鱼曾经来游的地方，希求钓得它。

哈桑一直痴迷于猎鹰，他对猎鹰的痴迷非同寻常，简直到了废寝忘食的地步。他善于驯养从草原捕得的游隼，使之成为猎鹰。这门手艺之高强，四邻八乡无一人能与他相匹。猎人们从遥远的塔布里士赶来向他买鹰，这当然说明大家对他驯养技能的公认。这些远道赶过来的人，甚至愿意用马群里最好的马匹来换取他驯养的猎鹰，还愿意再贴上一笔现款。

不过，哈桑如此热衷于驯养猎鹰，却从来不想靠驯养猎鹰发财。自己喜欢的鹰，别人出再高的价钱他也不卖，如果他找到一只令他挚爱的，那么他就把他以前驯养在家的鹰都贱价卖掉，凑足资金去换得他更喜欢的。

这次也就是这样。自从第一眼看到这只剽悍的黑鹰以后，哈桑就把以前成功驯养的鹰统统送给了库马莱依。买卖人想要的就是钱。他把从哈桑手里得来的鹰都卖给了人家，狠赚了一票，狠肥了一把。哈桑想的是，鹰食量大，为了找大量的肉食来喂它们，那他就不得不天天为喂饱它们而整日奔忙。这样一来，就会妨碍他在草原上从早到晚追猎这只他所痴迷的黑鹰了。

这只黑鹰，这只游隼，在猎人们中间有口皆碑，对它的评价甚至比无敌于草原的鸷鹰还要崇高。

秃鸷这种猛禽杀生成性，凡它能抓的动物它都抓来充饥。这种下三滥，这种刽子手，这种盗匪，它常常是埋伏在隐蔽处，出其不意地冲出来，在受害者还没有反应过来时狠下毒手。它会为了捕食一只小鸟而不惜在矮树林里久久飞逐，直到把它猎杀、把它撕吃掉为止，更恶劣的是它自己肚子不饿，小鹰也喂饱了，它却还要在丛林里不停地对小鸟进行捕杀。

山鹰看见秃鹫扔下的动物尸骸，轻松捡得，就开始无代价地享用美餐了。

可游隼的习性就是不捕杀弱小者。这也正是它之所以被猎人们尊崇的原因。它从来不会去对停着的小鸟下手。所以鸟们只要躲进密林、落到地面、钻入水中，也就能从它眼前逃脱，避免丧身之祸。然而，在空中，游隼对飞鸟则是百袭百中。但它肚子不饿的话，纵然近在咫尺的鸟儿它也不会去捕杀；即使身边有动物尸骸，且它肚子正饿，它也不会去碰一碰死物。

身躯魁大的游隼，这类鹰能为猎人捕获任何禽鸟——从机灵的小小鹌鹑到笨重的大大肥鹅。

然而头戴高皮帽的汉子所希图的，不是拥有黑鹰天天为自己捕猎野味。痴迷于黑鹰的养鹰人哈桑所要的东西比一般野味要珍贵得多。因此，他现在不惜代价，整天在草原上奔驰，所追猎的不是别的，就是那只游隼本身。

哈桑站在河边。他站着站着，就走了神，产生了一种幻象：他左手戴着厚实的皮手套，皮手套上昂然停立着一只游隼，鹰头上扣着一顶披挂璎珞的高帽子。

哈桑看见一群灰色大苍鹭，修长修长的脖子弯曲得像一张张的弓，一动不动地站在齐膝深的河水里。当中有一只伸过头去，以迅雷不及掩耳之势捕捉游过来的鱼儿。

这些机警的鸟往往是不待人靠近，就弹开宽大的翅膀，冲向了天空。

苍鹭比游隼个头大得多。它们可怕的长喙像一把把尖利的匕首，它们的脖子则像是紧握匕首的有力手臂。在空中，它们用这些匕首般的长嘴啄穿向它们进攻的秃鹫。而游隼这种鹰却是个例外。游隼的机灵和敏捷，能避开苍鹭前后左右伸缩自如的长脖子的准确攻袭。

苍鹭飞着。哈桑摘下他头上的高帽，把停着游隼的手高高举过头顶。游隼一见苍鹭们，便瞬即飞起来冲了上去。

它看准当中的一只，追上去拦截，这冷不防出现的危险吓得一只苍鹭飞离了群列。游隼从后头向苍鹭伸出利喙，一下，就击中了这只离群的苍鹭。

苍鹭经游隼这猛一击，跟跄地直往地面掉落。汉子策马向苍鹭疾驰过去。跑到苍鹭跟前，他跳下马来，一把抓起珍贵的猎获物。驯顺的游隼又回到他手上，它得到一块肉，又被套上了高帽子——于是它又什么也看不见了。哈桑从苍鹭的尾巴上拔下两根最漂亮的羽毛，留作纪念。他在它的脚上套上了一个铁皮脚环，随后将它放回了空中。

苍鹭穿过草原，飞向了别的国家，脚环上镌刻着哈桑的名字，他借此以传扬他骁勇猎手的光耀名声：在远方，会有别的猎人正等待苍鹭呢。

他发现自己走了神，便从幻象中把思绪拉回来，转身望了望。

他感觉自己骑在马上，但四周依旧是茫茫苍苍的草原。从幻象中回到现实中的他，手中并没有游隼——那只他所日思夜想的黑鹰。

哈桑这样骑在马上，在草原上奔突了一个星期。草原转遍了，却没有再遇上游隼，哪怕跟那黑鹰打个照面。

哈桑认定，自己不必远远跑到天边来寻找的，想来黑鹰不会弃阿乌尔这片草原而去，它的窝一定在它前次露脸的那一带，一定不会在太远的地方，何况，现在正是产蛋孵卵的季节，所有的游隼窝里都有自己的小鸟哩。

不过他转而又疑惑起来：也难说，这只黑鹰是独身寡居的呢，上次只是它偶尔闯飞到这里，让他偶尔撞见了。巢居的游隼在这一带很罕见。

第三章 寻猎在草原

"哦，是它在盯我的梢哩！"哈桑抬头望着一朵金黄色的云，那云团上隐隐约约似乎有一个黑点。

每天早上，哈桑从阿乌尔出来，他就望见这黑乎乎的云团上有一个黑点，日日如此，所以也就不再疑心他日夜心仪的游隼会飞远。这次出村，他干脆把云团上黑点的事忘在脑后，因为马飞快地奔驰在草原上，说不定游隼会在哪儿忽然让他撞上了。

空空荡荡的草原，被火热的太阳炙烤得简直成了一片发烫的沙漠。苦涩的干艾勉强遮蔽着沙尘滚滚的干涸土地。稀稀拉拉的矮树，东一棵西一棵，干瘦不说，还长刺。

草原上空，凶残的猛禽纵向排成三行：最下面一行是滞在空中的红隼，它们看上去一动不动，仿佛是被一根看不见的线牵着的风筝；在红隼上方是一群聚精会神旋飞的山鹰，它们的尾巴出奇的长，这样的尾巴让它们转动起来轻松自如；而翱翔在最上面的，是秃鹰。这样的飞行规则让它们各飞各的，井水不犯河水。

每一种鹰按各自的能力寻觅充饥的野物。反正饿不着它们的，吃不着灵敏的草原羚羊，就将就着吃吃蚂蚱，总也还是能果腹的。

草原上多的是长脚蚂蚱，哈桑的马蹄所到之处，都有蚂蚱噼噼啪啪飞起来，一路飞一路闪动它们或红或黑的翅膀；马蹄过处，小鸟也惶惶然尖叫着飞起来；机敏的蜥蜴则应着马蹄声四散逃窜；迟钝的乌龟把身子贴住地面，往硬壳里缩进脑袋和四肢。前方的远处，波士－达格山脉灰秃秃的，像一堵荒墙挡住了哈桑的视线。

在一丛多刺的滨枣树旁，哈桑勒住了马。衔着嚼子的马啃咬起矮树林下的青草来。汉子钻进矮树林里去躲凉了。

云雀在幽蓝的天际声声鸣啭。离哈桑几步远的地方，短翅的野鹌在欢快跳跃。红隼本来飞成了一圈，后来仿佛是有人扯了一下拴着它们的线，就哗啦一声降落到了地面。每只红隼都叼住一只迎面蹦来的蚂蚱，随后又飞了上去。秃鹫发现了躲藏起来的哈桑，于是绕了几个圈，向一边儿飞开了。

哈桑看见一只草原野公鸡从滨枣树后头漫步出来。这只黑里透金的花公鸡跳上了一个土墩，向四周张望了一阵，没发现有可疑的影迹，便像鹌鹑似的叫起来："楚克——唧唧嘟尔！"

鹌鹑粗浊的叫声，在哈桑听起来觉得似乎有一种不祥之兆，好像是"唧唧嘟尔——大祸临头"。死神般的鹰鹫都已经盘桓在它头上了，毫无生存保障的草原公鸡还唱什么歌呢！

到处都可以听到鹰翅的扑打声，它们贪婪的眼睛搜索着每一处草丛。

一股冷风从山上沿坡刮了下来，哈桑从沉沉冥思中回过神来……转眼之间，红隼组成的风筝散向了四边。一只云雀好像从云朵里摔下来似的，落到了汉子眼前，它短小的翅膀把一蓬尘土泼到了自己的背上，因为云雀本身是灰色的，所以在尘土中一下就不见了踪影。野鹌扑啦一声钻到了地底下，隐进了窄小的鼠洞里。

这片辽阔的草原上还有谁没有注意到死神的到来呢？只有鹧鸪，它什么也没有发觉，照样在用它暗哑的歌喉唱着"楚克——楚克——大祸临头！唧唧嘟尔！"

大祸临头！鹧鸪的叫声很快就应验了：矮树丛林后面发出嘘的一声，似箭离弦，一个影子疾速向前扑来——是游隼！愚蠢的鹧鸪吓得魂不附体，猛一下蹦起来，像野公鸡一样直直向前飞去。不用说，它是被一阵突如其来的黑鹰旋风刮走了。一时间，空中飘起了羽毛，纷纷落到了地面，鹧鸪的背上站着壮硕的黑鹰。

汉子差点儿失声叫出来：游隼！

可是黑鹰已经抓起鹧鸪飞上天去了。鹧鸪毕竟沉重，黑鹰不住地扑打翅膀，飞向了不远处的一个山冈，在那里停了下来。

哈桑一声呼哨把马唤到自己身边。他一跳上马背，就频频策马，飞奔着向黑鹰追逐而去——机不可失，时不再来，现在不能放过它了！他要看看它究竟将干些什么，把鹧鸪带往哪里。

然而黑鹰看起来只想把鹧鸪拿来当早餐，它正连连用它的弯嘴拔鹧鸪胸腹上的毛哩。

立刻，游隼四周聚过来许多山鹰，它们嘶哑地鸣叫着，在黑鹰的上方一圈又一圈地盘旋，飞下来又飞上去。

"在向游隼乞讨呢，这些讨厌的家伙！"汉子心里恨恨地想，"它们就会到睡觉的母鸡身边去偷小鸡，再不，就是去捡些人家扔下的腐尸烂骸。我看游隼会怎样来教训你们！"

　　果不其然，游隼做出一副要赶走这帮乞丐的样子。山鹰立刻四散开去，可不一会儿又聚拢来，在游隼上方一圈一圈地盘旋。

　　哈桑打心底里蔑视它们。山鹰在游隼面前，就像是鬣狗遇见了狮子。

　　它们污秽的羽毛覆披着它们无力的躯体。它们的个头其实也不比游隼小多少，但是它们软弱无力的爪子与游隼的铁爪却是不可匹比。

　　游隼不屑于去同这帮卑污的家伙一般见识，但是，明摆着的，它厌恶它们，跟汉子一样对它们厌恶到了极点。

　　游隼突然放下猎获物，向山冈上空飞去。

　　山鹰们不失时机地扑到了鹬鸪尸骸上面，撕下一块块血淋淋带毛的肉，频频哽咽，迫不及待地把肉一块块吞下肚去。它们叫着，争着。游隼没有再回来。它继续向前飞去，飞向那远方的矮树丛。这个树丛孤零零地耸立在平坦的草原上，就像是个绿色的小岛。

　　浑身冒汗的马载着哈桑驰近绿色的"小岛"时，游隼已经飞上了山巅，爪子间抓着的是另一样猎获物。

　　哈桑决意在原地等候，他知道游隼的脾性，每只黑鹰都各有自己猎食的地盘。此刻，它是拿猎获物喂它的幼鹰去了。要是这个"小岛"是在它的管辖区内，那么它少不得还会回来的。

　　汉子放了马，自己躲进了丛林。

　　他耐着性子，等候着游隼回来。树影变得越来越短，越来越短。红隼一只接一只从草原上飞过来，躲进了矮树的枝叶间。鸟雀的喧嚣声渐渐安静下来。山鹰在高空盘旋了一会儿，接着飞到山后去了。

　　一时间，哈桑感觉这世界上仿佛只剩他一个人了。周围的一切都消隐了，寂然无声。

"中午了。"汉子抬头瞅了瞅天空。

他又看到了幽蓝的晴空中有一个隐约可见的黑点——它是那样高，地面上蒸腾的热气达不到那个高度——那是黑鹰！于是他又想起游隼："它在盯我的梢呢！"

他颤动了一下脑袋："等着瞧，只要我有足够的耐心！"

他看着树木投在地面的影子越来越长了。

第四章 鸟头领

天气不再像午时那样的灼热。鸟儿蜜蜂似的又从枝叶丛中纷纷飞出。树枝上又响起吱吱喳喳的喧闹声，绿岛于是又显出蓬勃的生气。

"等鸟头领一到，"哈桑心里笑了笑，"你们都得一个个吓得魂灵出窍！"

像是回应汉子似的，佛法僧鸟惊恐万状地尖叫起来。

林子里开始了意想不到的慌乱。鸟儿们鸣叫着钻进了繁枝密叶中。有几只鸟闹不清发生了什么，也乱飞一气，很快从树叶上钻到了树叶下躲起来。

"它没飞远。"哈桑心里有数了。他轻轻拨开矮树丛，悄悄向外窥探这只搅得群鸟乱作一团的猛禽。

汉子看到它就在离他不远的地方，就在一根树枝上，但是他所看到的并没有让他感到高兴：那树枝上的大鸟不是游隼，而是一只褐耳鹰。汉子甚至懊丧得"呸"了一声：要是这片丛林的头儿是一只褐耳鹰，那么他就

不用在这儿再等下去了，因为游隼是不会跟褐耳鹰来共处一片树林的。也许游隼本来就是他乡远方的，是偶尔飞闯到阿乌尔这片草原上来的。

可惜近旁没有一块可捡的石头，否则他会捡起来砸这只捉弄他的褐耳鹰的——你瞧它那副啄食佛法僧的得意神态，那副对矮树林里探出头来窥探的人视若不见的样子，简直让他气不打一处来！哈桑看着褐耳鹰扁平的脑袋，那像是用透明的黄石头做成的眼睛，除了冷酷杀生，就什么都没有了。

扑啦啦，一只不知名的小鸟突然一下飞出了树丛。褐耳鹰一下蹦起，去追逐这只小鸟。死佛法僧鸟吧嗒一声坠下来，落到了地上。

褐耳鹰没能抓住那只不知名的小鸟——小鸟紧贴着树干擦过，逃走了。褐耳鹰急忙转过身追去。小鸟围着树干绕圈，绕了一圈又一圈，绕到第三圈时，褐耳鹰明显追不上了：它那大个儿转弯就很费事，怎么绕得过灵巧的小鸟呢？小鸟钻进了矮树丛，不见了。

褐耳鹰被小鸟绕得晕头转向，却又想不起回头去吃自己还没吃完的佛法僧鸟，它开始在高高矮矮的树木间飞。哈桑的眼睛几乎跟不上褐耳鹰飞翔的身影。褐耳鹰辗转飞了一阵，随后呼噜一下往上飞去，蹿入了空中。

这时，一只山鹰停到了一棵树的树梢上。褐耳鹰瞬间从光秃秃树枝下面擦过，在一株树旁停了下来。

山鹰慢吞吞地收拢宽大的翅膀，把头缩进了肩膀底下。

"呱！呱！"突然，高空中不知从哪里传来响亮的叫声。

汉子从树叶间看到了山鹰的上方有一只游隼。

"呱！"游隼——这只真正的鸟头领，发出挑战的不祥叫声。

山鹰也只是扭头瞅了瞅。但是当游隼从上方逼飞过来时，这只硕大的猛禽也不得不展开翅膀，准备迎击游隼的突袭。

呼噜一下，游隼贴近山鹰的脊背飞掠过去，又飞到了它的上方。

山鹰扇了扇翅膀，离开它站着的树枝，往高空飞去。显然，山鹰很不情愿在这时离开——它本来是想在这根树枝上好好歇歇气的，却忽然来了这么个好斗的角儿！

哈桑非常得意。他不由得纵声大笑起来：瞧，这不是真正的鸟头领来了吗？

本来站在树上的褐耳鹰已经不见了，小偷趁机溜跑了。原来，它只是乘头领不在之机，到人家的地盘上来捡个便宜的！

汉子打了呼哨，把马叫过来。现在，他可以安心回家去了，连游隼窝也不用费心去找了：既然这一带就是它的势力范围，那他准定就能在这一

带逮住它。

第五章 失手

为了逮住游隼，哈桑做了四天的准备工作。他修理好捕鸟网具。

一切都准备得妥妥帖帖。汉子自己藏进了树丛里。

太阳升到了山上。

游隼随时都可能飞来。

机警的伯劳鸟望见了游隼。它不安地在木桩子上打转转，并且叫得更响了。忽然，它一头钻进土坑里躲起来。这时汉子才发觉了游隼。它从高高的树顶掠过，边飞边呼啦呼啦上下扇动翅膀。

哈桑吸进了一大口气，耐心地等着，等游隼飞到大约150步远的时候，他扯动一下细绳子。

鸽子的白翅膀似信号旗一般在空中扇动起来。

游隼仿佛在空中停住了。接着，它拐了个弯，像牧人的投石器抛出的石头一般，嚯一声劈冲下来。

哈桑慌忙扯了扯细绳子。鸽子在空中给绊住了，一跟斗栽了下来——白色的信号旗啪嗒一下落了地。

哈桑急忙拖过绳子，可发现拖过来的只有那只鸽子。

游隼张开翅膀，依旧躺在地面上，趴在那黄澄澄的谷粒中间。

哈桑立即明白事情的原委了：由于紧张，他把飞翔中的鸽子扯得过早了，致使它在空中即刻停了下来，于是游隼从它旁边擦身而过。它是俯冲来的，而鸽子已经挨着了地面。游隼扑空了。

哈桑知道扑空的黑鹰会是一种什么结局。他立即抛开无用的绳子，从藏身处爬了出来。

游隼胸腹贴地，一动不动。灰白色的地面将游隼深黑色的脊背衬托得更加鲜明。一层浅白色的眼皮半掩着它的大眼。它有气无力地睁眼瞅着哈桑走过来。哈桑跪下来，向黑鹰伸过一只手。黑鹰猛一翻身，侧过身来对着哈桑。哈桑连忙把手缩回来，但已经来不及了，那双铁钩似的利爪已经抠进了他的衣袖。游隼抽搐着拍打了一会儿翅膀，停下不动了。它的眼皮耷拉下来，闭上了，铁钩一般的弯嘴里吹出了一个血泡泡，很快破裂了。

哈桑站起来。已经断了气的黑鹰沉甸甸地挂在他衣袖上。他用他空着的那只手托起它来，一下又一下，抚摸着它黑亮亮的、硬僵僵的、平整整的翅羽。哈桑失落极了，他懊丧地环视着四周……

一个垂钓人，眼见自己怀着激动的心情，使出大劲拖出水面的鱼钩上，竟是一截久浸水底的木头！哈桑此时的目光就是这样的极度困惑。这种意想不到的偷换，其嘲笑意味对他是不言而喻的。他觉得这事发生得太不可思议了！那眼看颤动着、挣扎着的猎获物，那日思夜想的黑鹰，那活鲜鲜的鸟头领在哪里呢？在他手中，有的只是那只硬僵僵木头似的、一无生气的游隼。他使劲扯下它，抠进他衣袖的鹰爪拽下了他一块结实的布片。

汉子把游隼轻轻放到了地上。

第六章 在峡谷里

这以后，哈桑多久都不能让自己的心境平静，他万不能原谅自己捕捉黑鹰时的粗心大意。是他亲手杀死了优异的黑鹰：是啊，要不是他过早地撤回那只鸽子，游隼是不会摔死的。

他还诅咒自己竟没有马上动身去找寻黑鹰的窝巢。从黑鹰这么魁硕的体形，他看出来，这摔死的应该是一只母鹰。在护养雏儿期间，雄鹰是不会离开幼鹰一步的。但是上哪儿去找那只雄鹰呢？他熟悉的这些树上，雄鹰是不会来光顾的。可群山绵延得如此之长，草原辽阔得如此无边——雄鹰，它究竟在哪里呢？

哈桑不愿意驯养山鹰。他认为，带山鹰去打猎，补偿不了他失去的快乐。

现在，本来应该天天出门行猎的汉子，却经常打不起精神，呆坐在家，什么话也不说，什么事也不做。

有一天，正当他这样闷坐着，自己跟自己生气时，萨拉马特吧嗒吧嗒抽着烟斗，上门来看他。直性子的汉子很鄙视这个人。他恨不得立刻把他赶出门去。然而，乞讨人先开口说话了，他的头一句话就引起了汉子的警觉。

萨拉马特说得活灵活现。他说他找了好久，才在山里找到了黑鹰的窝。如果汉子能帮上一把，把窝里那些由雄鹰照料着的雏鹰弄到手，那么，出于对汉子的敬佩，他愿意把找到的小鹰让一只给他。

哈桑又看到了腿上套着脚环向远方飞去的苍鹭和用高帽扣着的游隼。至于到达鹰窠所在地会有多困难，会付出多大的艰辛，他压根儿连想都没

有去想，也没向萨拉马特打探一句。

"咱们走！"凭着他做事干脆利落的性格，他陡然站起来，说。

"耐着点儿性子，伙计，先把枕头搁到地毯上，去好好睡上一觉再说吧。到山上找鹰窝，远着哪！你瞧，这会儿，太阳都已经想要到山后去休息了。"萨拉马特说。

但是，汉子的心已经燃起了渴望之火。他沸腾的热血已经从他心头喷发，激情的烈焰已经升腾；尽早抓到幼鹰的渴望已经不可抑制了。

两个寻鹰人走到山脚下时，离太阳落山还有个把钟头。

萨拉马特勒住了马头，指着一条狭窄的峡谷对哈桑说：路很难走，可鹰窝筑在高高的山崖上，摸着黑，是没法爬上那陡峭的山崖之巅的。

哈桑没理会萨拉马特的提醒，自个儿一声不响继续往前行走。

两个寻鹰人于是继续沿峡谷骑行，越走越深，山也越爬越高。从岩壁裂隙的深处散发出来的热气，冲得两个寻鹰人透不过气来。哈桑寻思，这里是峡谷的咽喉地带，空气稀薄些，呼吸困难些，是不足为怪的。

山岩上没有树，也没有草。厚厚的尘土吞没了马蹄的嘚嘚声，两边的悬崖岩壁阴森森的，一片死寂，像是随时可能向他们倾塌下来，置他们于死地。

他们继续骑行。感到隐约间有一双眼睛在瞪着哈桑看的时候，他不由得浑身打了个寒战，立即勒住马。那双直盯着他看的眼睛没有任何情绪，仿佛是一块石头。汉子睁大眼细看，这才在灰色的石块间看出一个三角形的头，一个扁平的灰色躯体，还有节节相连的多刺的尾巴——这条令人恶心的爬虫，分明是一条山间大飞龙——它匍匐在光溜溜的岩石上，徐徐爬动。

再往前骑行不多时，峡谷明显开始陡仄起来。太黑了，萨拉马特哭声哭气地向哈桑央求着什么，哈桑压根儿不去听他的。他偶尔抬起头，看到天空中有一团乌云正向这里飘来。

云团向峡谷横袭过来。很快，云团变得浓黑如墨。紧接着，闪过一道火闪，一阵狂怒的雷声，轰隆隆、轰隆隆沿山巅滚过。随即，瓢泼大雨斜斜地向哈桑的脸击打来。

汉子在阵阵雷声中间听到萨拉马特低声的惊叫。这惊叫声一会儿来自身后，一会儿来自身旁。哈桑知道，萨拉马特已经往岩穴底下躲去了。

哈桑一心想着黑鹰窝，他被寻找鹰窝的狂热劲头控制着整个身心。虽然他也睁不开眼，耳朵也像是震聋了，浑身滴答着雨水，但仍是骑行向前。

轰隆隆的雷声时断时续，却一刻也不曾停止。很快，前头的什么地方浑浑然传来一声吼叫，这吼叫声与其说是听到的，还不如说是感觉到的。

马闪到一边，跳上了一块大岩石，身子紧紧贴住岩壁。雷声里夹杂着湍急的流水声。

山上奔泻下来的洪水，很快漫溢了整个峡谷。电闪下，只见浑红浑红的水冲击着悬崖，从巨大的岩块上飞跃过来，形成一个个漩涡，冲击着马蹄。马连声打着响鼻，浑身哆嗦个不停。

哈桑似乎觉得，山穴里轰隆隆奔涌出来的是血浆。

雷雨来得突然，过去得倒也快。激流减退了些，喧响声也小了许多，渐渐地终于完全停止了。浓黑的高空中，星星开始明亮地闪烁了。

哈桑还是继续向前骑行。

峡谷里的小路越来越陡。哈桑知道从这里开始已经是那条山隘了。他翻身跳下马来，让马在他前面走，自己紧紧抓住马尾。马开始向高处攀登。哈桑已经辨认不出路了。他把马尾的粗毛绕在自己手上，紧随着马趔趔趄趄往山上爬。他的脚下，不时有石头滑落，噼里啪啦往山下滚去。忽然，噼啪声听不见了——石块飞进了深渊里。汉子只有凭马引路，听天由命了。

最后，马向上一挣，好了，马的前蹄终于在岩石上攀住了。

这时，哈桑抓马尾的双手已经发麻。过了一会儿，汉子放开马尾：他们已经站在山隘之上了！

山隘上，一片草地展现在哈桑眼前，他松了一口气，向湿漉漉的草地躺下去。

第七章 身临深渊

哈桑苏醒过来时，初升的旭日阳光已经驱散了夜间恐怖的黑暗。近处，他的马正安静地啃着青草。

哈桑站起来，放眼向四周眺望。

他站在一条平缓的山脊上，脚下是鲜花盛开的草地。几条陡峭的支脉都从他脚下往低处延展到草原。过去的黑夜里，马就是沿其中的一条支脉把他拽上山隘的。支脉与支脉间都横着黑魆魆的深渊。山下升腾起来的雾气，像一团团迷迷蒙蒙的云，不停地荡漾。

"萨拉马特说过，"汉子想起来，"从这里就能看见黑鹰窝了。"

他走到深渊边上，在一条支脉上，他看到一个黝黯的深穴。一块巨石突出在那个深穴的上方。汉子对这个深穴打量了很久，终于，他从黝黯的深穴里辨认出了游隼深黑色的身影。

黑鹰纹丝不动地蹲在一个石窝子里，高昂而坚挺。

"它的窝就该在近旁了。"汉子这样判断。

后面匆匆飞出一只云雀，它边飞边唱，带着脆亮的歌声冲上了云霄。

游隼转过身瞅了云雀一眼，却依旧蹲在那里不曾挪动。

它的下方蹿飞出来一只野鸽，传来树枝断裂声和翅膀拍动声。鸽子在岩壁前向上猛力飞冲。鸽子距离游隼是如此之近，游隼完全可以毫不费力地跃身抓住它，但它只是毫不动心地任云雀飞上去。

"鹰从来不捕食窝边的鸟儿。"哈桑想，"鸽子明明看见黑鹰就在身旁，

却也不害怕的。"

太阳升起来了。

石头下面，游隼蹲着的深坑里，有什么在蠕蠕晃动。

"是幼鹰。"哈桑想。

游隼张开翅膀，宽大的胸脯往前一倾，再向下一蹲身，随即飞离了悬崖。

它那倾侧的翅膀轻巧地把它带到了深渊上空。黑鹰在高空翻了两个跟斗，那速度之快让哈桑看着直晕眩。接着，它就向峻峭的山巅上空飞去。

"趁它没回来，我得赶紧动手。"哈桑想。

他向下目测了一下坑渊的深度，再向上看了看悬崖，估摸了一阵到鹰巢的距离。他轻轻笑了一声。他现在明白了：为什么萨拉马特自己不试着亲自来把幼鹰逮到手，这不明摆着的，只有不惧怕葬身峡谷的人才敢爬到鹰巢边去。

哈桑向下俯瞰，见萨拉马特像一只小甲虫徐徐沿着陡壁小心翼翼地爬上来。

汉子太兴奋了。他觉得世界在他眼前顿然变得辽阔无边；他的心被创造奇迹的渴望所攫住，他要像鹰隼一样飞上高空，同对手赌上一把。

"瞧我的吧！"他对着那个黑点大叫了一声，还伸出拳头向空中捶了一下。

他顺着深渊的边沿向那条筑有鹰巢的支脉爬去，接着纵身一跃，跳上了刀尖般的山脊。他的左右两边是陡峻的山壁，他从一块石头跳到另一块石头，竟连头都不晕一下，竟连一点害怕的感觉都没有。他忘情于面临的一次危险博弈。他想："死算得了什么？在阿乌尔、在草原、在峡谷，哪

儿都可能同死神撞个满怀的！"

他很快到了那面石壁上。这里，他不得不处处留神每一个可以插脚的石窝，看准哪儿可以让脚站牢，以便稳住身子，然后再从那儿向上攀缘。

石壁悬在深渊的上方，仿佛一个耸突的石头胸脯。哈桑开始攀爬。他的双手紧紧抓住头顶上的石头，而后再试探着寻找可以落脚的地方。他背向峡谷深渊，凌空悬挂在石壁上。

不几分钟，他爬到了下面的一个凹坑处。这里，满眼都是一个个的血斑，有鸽子的羽毛，有野鸭的骨头，有鹧鸪的尸骸，反正，到处扔的都是黑鹰的战利品。

再攀登就越加困难了，头顶上凸起的是一块尖如刀锋的嶙石。

哈桑略略愣了一下，立即用双手抓住这块尖利的石头。他的整个身子悬空垂挂在深渊上方。他左右晃荡了一阵，然后向上一缩身，得以坐到了那块石头上。

鹰巢就在眼前。坚硬树枝筑成的窝巢里蜷着四只毛茸茸的雏鹰，个头比一般的小鸟要大得多。它们用黑黝黝的圆眼惊惧地盯视汉子呢。

哈桑把幼鹰一只接一只塞进怀里。雏鹰啄他，抓他。

"劲道足着哩！"汉子乐滋滋地说。

"飞来了，飞来了！"萨拉马特的惊慌喊叫声传进了他耳朵。

他站在山隘上，手指向一边探去。

迟疑会是致命的。哈桑的胸脯贴伏在锋锐的岩石上，牢牢抓住，凌空摆荡着，用脚去踩凸起的石头，待另一只脚找到支撑点，才松开手。

就在这节骨眼上，他的背后响起了翅膀飞掠的声音，同时传来"呱——

呱——"的叫唤声。

哈桑把胸脯贴紧岩壁，站着。

"黑鹰要是从自己身后发起攻击，那就非摔下去不可了！"他惊恐万状地想。

他忧心忡忡地回过头。

游隼"呱——呱——"威胁地叫唤着，向他的脸直扑过来，发起了猛烈的冲袭。

哈桑闭起眼睛，身子晃动了一下。就这一晃动，他坠落进了黑魆魆的深渊。

第八章 丧身崖下

萨拉马特迫不及待地下到了峡谷谷底。

汉子躺着，一条胳臂和一条腿摔断了，脑袋歪在一边。萨拉马特把匕首的锋尖凑近他的唇边。冷冰冰的钢锋上结了层细细的水汽凝粒，说明哈桑还没有断气，但知觉已经没有了。萨拉马特忙不迭地从汉子衣服的破洞里拽出四只雏鹰。由于汉子是侧身坠地的，两只雏鹰当场就被压死了，另外两只还是活的。

萨拉马特把两只活的藏进了自己怀里，翻身上马，驰出了峡谷。

中午时分，萨拉马特在买卖人库马莱依的平顶屋旁勒住马，从马背上跳下来。他在后院碰上了库马莱依。

萨拉马特掏出雏鹰拿给库马莱依看，向买卖人要了个高昂的价格。

库马莱依连连摇头。

"你把哈桑叫来，"他说，"养鹰人说的才是实价。"

萨拉马特不曾料事情竟会出现这样一种转折，他先前没有为这个问题忖好个答案哩。他一下语塞了。他的窘迫神态逃不过商人精明的眼睛。

"昨天下午，"买卖人严峻的目光扎进萨拉马特的心坎，"谁都知道，萨拉马特是和哈桑一同骑马进山的。我一直在你们后面悄悄看着哩，一切都瞒不过我的。要是从山里出来的只有萨拉马特，那么，萨拉马特应该给出哈桑下落的答案。"

萨拉马特知道，哈桑是回不来了。他向买卖人一五一十说了汉子坠崖身亡的经过。

"先生，你知道，按所有权说，雏鹰如今属于萨拉马特了。"乞讨人这样结束了自己的讲述，"先生，你一定会为这两只雏鹰给我个说得过去价钱的。"

"放下。"库马莱依的话不容商量。

萨拉马特把雏鹰放在了地上。

"出去！"买卖人继续说，"你要提什么钱，我就去对村人说，是你把汉子推下了悬崖。"

这么一来，后院里只剩下了买卖人库马莱依一个人。他，高高大大的个子，脸盘中央凸起一个鹰钩鼻，脑袋深深锁进了肩膀里。现在，他可以心安理得地仔细端详他轻易到手的猎获物了。

一只羽毛黑亮的秃鹫，降身下到了一块岩石上。它个头高高大大的，嘴弯成了一个尖钩，脑袋缩在两只突出的肩膀里。它的目光注视着下方僵躺着的汉子。

一天又一天，秃鹫站在高处俯瞰四周的一切，它以不可思议的机警目光注意着阿乌尔，注意着草原和群山。到该它下来时，现在，它下来了。

山鹰下到峡谷底部，站在汉子尸骸上，一声接一声地高声鸣叫。

秃鹫弯下粗大的脖子，向深渊飞去，向僵躺着的汉子飞去，它宽大的翅膀平稳地把它带到了峡谷的深渊。

山鹰看见秃鹫飞下来，吓得退开了。

而游隼，这黑鹰，站在岩石上，站在自己空荡荡的窝巢上方，纹丝不动。

它没有向下看……

鸟 儿

〔俄国〕列夫·托尔斯泰

谢辽沙生日那天，他的叔叔送给他一个捕鸟网。他用这个捕鸟网逮住了一只鸟儿。他乐颠颠地把逮得的鸟儿拿给妈妈看。

"妈妈，瞧，我逮住鸟了，这只鸟，我看准是夜莺！你瞧它的心，怦怦怦，跳得多厉害！"

妈妈看也不看，说："你要鸟儿做什么，鸟儿可不是拿来玩的东西。"接着转过身，瞅了瞅谢辽沙手中的鸟儿，又说，"这是金翅雀。谢辽沙，你实在要看，你就看看它，可别折磨它，最好把它放了。"

"不，我要喂它，给它水喝，把它养得好好的。"

谢辽沙把金翅雀关进笼子里，给它麦粒吃，给它水喝。到了第三天，谢辽沙看着笼子里脏了，就把手伸进笼子里去擦洗，金翅雀一吓，就直撞笼子。谢辽沙想着鸟儿是渴了，就赶快去拿水来给鸟儿喝，他走得慌，没把鸟笼门关上。金翅雀见笼门开着，高兴极了，一展翅，嘟一下飞出了笼子，直往窗口飞，可它没有看出窗玻璃，一头撞在了玻璃上，"啪"一声跌到了窗台。

谢辽沙跑过去，一把抓住了鸟儿，又把它关进了笼子。金翅雀虽还活着，但胸脯贴着笼壁，有气没力地伸开它的翅膀，一个劲儿地喘粗气。谢辽沙看着看着，哭开了。

"妈妈，这下我该怎么办呢？"

"现在什么法子也没有了。"

谢辽沙一天到晚守在笼子边，双眼直勾勾地看着金翅雀，可金翅雀还是胸脯贴着笼壁趴着，气喘得又粗又急。谢辽沙去睡觉的时候，金翅雀还活着的。谢辽沙躺在床上，可就睡不着，总是一合上眼，面前就出现金翅雀，看见它趴着，喘着粗气。第四天早上，谢辽沙走到笼子边一看，只见金翅雀仰着身子，直僵僵地伸着双腿，发硬了。

从这天起，谢辽沙再没有逮鸟雀玩过。

鸬鹚和鹈鹕

〔俄罗斯〕依·索科洛夫·米凯托夫

　　里海中有一种大个子鸟：鹈鹕。这种鸟的嘴巴修长得出奇，嘴巴下面又拖着一个藏鱼的大皮袋。

　　春天一来，鹈鹕们就开始追捕海里的鱼。它们在沙滩上集合成一个大队，把鱼群从四面八方包围起来，再猛烈地扇动翅膀拍打水面，发出阵阵噼噼啪啪的声响，这声音很大，大得连很远的地方都会错以为是一列特快火车隆隆驰过。一旦听到这种声响传来，那就是说鹈鹕用围捕的办法在赶鱼。它们把鱼赶到岸边，赶到沙滩上，它们觉得这赶鱼的游戏很好玩！

　　它们在沙滩上吃鱼，吃得饱饱的，到了再也吃不下的时候，就把鱼藏在嘴下的皮囊里。它们的皮囊很神，可以伸缩，仿佛这皮囊是用橡胶做成的。

　　渔场上吃鱼的鹈鹕常会被人惊扰。这时候，鹈鹕的第一件事就是把吃进肚子里的鱼一股脑儿吐出来，吐出来的鱼往往还是活的。鹈鹕好像觉得鱼是属于人的，它们不该来抢夺，所以人一惊扰，它们就吐出鱼来救赎自己的生命。

　　"拿去吧！"它们似乎在说，"人，你们把我捕得的鱼全拿去吧！可是请你们别伤害我们。"

这些奇特的鸟跟另一种海鸟鸬鹚天天友善地生活在一起。在所有的水鸟中，鸬鹚是第一流的潜水好把式——它们能在海水最深处待很长时间。很多名贵的鱼类往往被鸬鹚所吞吃，所以渔夫们都讨厌它们。

生活在里海海滨的人们都知道，鸬鹚身上没有脂腺。许多水鸟都有这种腺体，鸭呀，鹅呀，天鹅呀，都有这种油脂腺体，所以它们的翅膀不会被海水浸湿。而鸬鹚因为没有脂腺，一下水，通身羽毛就很快被海水泡湿。因此，鸬鹚必须下水不多一会儿就上岸来晾干自己的羽毛，于是在海滩上常常可以看到：黑色的鸬鹚待在石崖上，展开自己湿漉漉的翅膀，逆风吹干自己羽毛里的水分。

鹈鹕同其他的水鸟一样，有发达的很丰富的脂腺。它们可以称得上是游泳和飞翔的健将，可就是不会潜水。它们只能吃到那些被海浪偶然卷到海边沙滩上来的鱼。这样一来，鸬鹚跟鹈鹕就成了一对天生协作者，总是互相帮助着捕捉鱼食。

如果你看到有一群贪食的鸬鹚在海水深处觅食、潜水，从海底把鱼拖将上来，那么，那个地方也一定会有一群鹈鹕在水面转悠。

要是你在远处望，你一定不会相信，竟有这样的事就在自己的眼下发生着：鸬鹚潜水捉鱼，捉着捉着，翅膀就湿透了，就难受了，就不得不游到水面来晾干自己了，然而飞到海岸又不免太远，于是鸬鹚就把捉到的鱼送到鹈鹕跟前去，这时，可能还有这样的一段对话："哦，亲爱的朋友，请允许我在你背上晾晾我的翅膀！"

"你把鱼给我，我就答应你。"

"好吧，这鱼给你……"

鸬鹚说着就把小鱼送给朋友。鹈鹕这时把自己宽大的背脊摊出来，似乎说："请你爬上来吧……"

里海的渔夫们经常可以看到，在浩瀚无边的海面上，在离开海岸很远的地方，一只只白生生的大鸟身上蹲着一只只黑乎乎的鸟，那黑鸟就是鸬鹚，它们展开湿漉漉的翅膀，就像是片片游弋在海面的黑帆。

在辽阔的海洋里，贪食的鸬鹚就这样在鹈鹕的背脊上晾干自己的羽翅，并且得到休息，补足体力。等翅膀晾干了，体力恢复了，它们就又开始潜水捕鱼。而那些懒惰的鹈鹕却悠闲自在地在海面上游泳，长长的双腿垂挂在水下面。它们不愁吃的，只要等着，鸬鹚自己就会把礼物不断送上门来的。

麻雀

〔俄国〕依·屠格涅夫

打猎回来，我走在林荫道上。猎犬在我前面跑。

狗忽然放慢了步子，蹑起脚，微微潜下身，像是闻到了前面有什么野物。

我顺着林荫道看过去——立刻发现一只嘴边有一圈嫩黄的小麻雀，头上的细毛还是茸茸的。显然，它是刚刚从树上雀窝里跌落下来的（风势有点猛，林荫道上的白桦树摇晃得厉害）。小麻雀一动不动地蹲在地上，无助地张开柔弱的翅膀，轻轻拍打着。

我的猎犬一小步一小步地走近麻雀。说时迟那时快，从近旁一棵树上呼噜一下，仿如砸下一块石头似的，飞下来一只黑胸老麻雀，落在那只小麻雀的跟前——它通身的羽毛都一根根立起来，发疯一般，简直看不出是一只麻雀的样子。它绝望地拼命尖叫着，两次向张开大嘴的猎犬蹦过去，扑向了狗的獠牙。

老麻雀是扑下来救自己的孩子的。它用自己的身体护住自己的小心肝……因为面临生死的恐怖，它的整个身子瑟瑟颤抖着，它那狂野的叫声明显嘶哑了，一切它都豁出去了！

　　以它弱小的身个儿，它一定觉得狗是庞然大物，是个高大的凶神恶煞！可是它还是不能蹲在高枝上，只顾保全自己而不管小宝贝的安危……一种比理智更强大的力量，使它当即从树上石块似的砸落下来。

　　我的猎犬一下愣住了，一步步往后退却……看得出来，它意识到它所面临的是一种超生命的力量。

　　我赶忙把疑惧中的狗给唤回来，带着由衷的崇高敬意转身快快走开了。

　　是的，我心怀的真是一种崇高的敬意。我敬佩那只小个子麻雀，在母爱的冲动中，它成了一只鸟中英雄。

　　爱啊，母爱啊，我想，它是比恐惧、比死亡要更强有力的。只有它——只有爱，可以让生命得以持续和延展。

小 鹌 鹑

〔俄国〕依·屠格涅夫

　　我的父亲非常爱到大森林里去打猎。只要家务不忙，天气又好，他就拿起猎枪，背上猎囊，唤来他那只叫"心肝儿"的老猎犬，出发打沙鸡、打鹌鹑去了。我父亲常把我也带在身边，我高兴极了！我把裤腿塞进高筒靴，肩上挂个水壶，自以为这就是猎人了！我走得汗水淋漓，小石子跳进我的皮靴，可是我一点也不觉得累，在父亲后面步步紧跟。每当枪声响过，鸟呼啦一声掉下来，我就蹦蹦直跳，甚至大叫起来——我太高兴了！受伤的鸟有时在草丛中，有时在心肝儿的牙缝里挣扎着直拍翅膀，血滴滴答答淌下来，可我总是兴高采烈，一点爱怜的感觉也没有。

　　有一回，那是个暑热天，我跟父亲去打猎。那时沙鸡还小，父亲不想打它们，就到黑麦地旁边的小橡树丛那里去。这种地方常常有鹌鹑。那里草割起来不方便，所以格外茂盛，花也很多，有箭舌豌豆，有三叶草，有铃铛草，还有毋忘侬花和石竹。我同妹妹到那里去的时候，总是采上一大把。可是我跟父亲去就不采花，因为我觉得这样做有失猎人的体面。

　　忽然，心肝儿趴下来悄悄往前爬。我父亲叫了一声："逮住它！"就在心肝儿的鼻子底下，一只鹌鹑呼噜跳起来，飞走了。可是它飞得很奇怪：翻着跟斗，转来转去，又落回到地上，好像是受了伤，或者翅膀坏了。心肝儿拼命去追它……如果小鸟好好地飞，它是不会这么追的。父亲甚至没法开枪，他怕霰弹会把自己的心肝儿给打伤了。我猛一看：心肝儿飞速扑上去——一口咬住了鹌鹑！它叼回来交给父亲。父亲接过鹌鹑，把它肚子朝天放在掌心上。我跳了起来。

"怎么啦？"我说，"它本来就是受伤的吗？"

"没有，"父亲说，"它本来没有受伤，准是这儿附近有它的一窝小鹌鹑，它有意装作受了伤，让狗觉得捉它很容易。"

"它为什么这样做呢？"我问。

"为了引狗离开它那些小鹌鹑啊。引开以后它就飞走了。可这一回它没有装好，装得过了头，动作慢了一点，于是被心肝儿逮住了。"

"那它原来不是受了伤的咯？"我再问一次。

"不是……可这回它活不了啦……心肝儿逮住它的时候，准是用牙咬了它。"

我走近鹌鹑。它在父亲的掌心上一动不动，耷拉着小脑袋，用一只褐色小眼睛从旁边看着我。我忽然深深可怜起它来！我觉得它在想："为什么我应该死呢？为什么？我是尽我做母亲的责任啊，我尽力使我那些孩子得救，把狗引开，结果我完了！我真可怜！真可怜！这太不公平了！哦，太不公平！"

"爸爸！"我说，"也许它不会死……"

我想摸摸小鹌鹑的小脑袋。可是父亲对我说："不行了！你瞧：它这就把腿伸直了，全身哆嗦，眼睛也闭上了。"

　　它眼睛一闭上，我就大哭起来。

　　"你哭什么呀？"父亲笑着问。

　　"我可怜它，"我说，"它尽了它做妈妈的责任，可是我们的狗把它给咬死了！这是不公平的！"

　　"它原来是想耍滑头把狗引开，"父亲说，"可没耍过心肝儿。"

　　"心肝儿真坏！"我心里想……这回我觉得，不只是狗不好，父亲也不好，"这是什么耍滑头？这分明是母亲对孩子的爱，可不是耍滑头！如果它不得不假装受伤来救孩子，心肝儿就不该捉它！"

　　父亲已经想把鹌鹑塞进猎囊，可我向他要过来，小心地放在两个手掌中间，向它吹气……它会醒过来吗？可是它一动不动。

　　"没用的，孩子，"父亲说，"你弄不活它的。瞧，摇摇它，头都软不拉塌的，晃荡了。"

　　我轻轻地把它的嘴抬起来，可一放手，头又耷拉下来了。

　　"你还在可怜它？"父亲问我。

　　"现在谁来喂它的孩子呢？"我反问。

　　父亲的眼睛定定地看着我。

　　"别担心，"他说，"有公鹌鹑呢，它们的爸爸，它会喂它们的。等一等，"他加上一句，"心肝儿怎么又趴下要扑腾什么了……这不是鹌鹑窝吗？是鹌鹑窝！"

　　真的……离心肝儿的嘴两步远，在草上并排一只挨一只躺着四只小鹌鹑。它们你挤我我挤你，伸长脖子，全都急促地喘着气……像是哆嗦着！

它们羽毛已经丰满了，绒毛已经脱离，只是尾巴还很短。

"爸爸，爸爸！"我拼命地叫，"把心肝儿给叫回来！它会把它们也咬死的！"

父亲叫住了心肝儿，走到一边，坐在小树丛底下吃早餐。可我留在窝旁边，早餐不想吃了。我掏出一块干净手帕，把母鹌鹑放在上面……"没妈的孩子，看看吧，这是你们的妈！它为了你们，把自己的命弄丢了！"几只小鹌鹑还浑身抖动着，很急地喘气。

接着，我走到父亲身旁。

"这只鹌鹑，你能送给我吗？"我问他。

"好吧，可你想拿它干什么呢？"

"我想把它给埋了"

"埋了？！"

"对。埋在它的窝旁边。把你的小刀给我，我要用它挖个小坟。"

父亲很惊讶。

"让那些小鹌鹑到它的坟上去吗？"他问。

"不，"我回答说，"可我……想这样，让它在自己的窝旁边长眠！"

父亲一句话也没说，掏出小刀递给我。我马上挖了个小坑，亲亲小鹌鹑的胸口，把它放在小坑里，盖上了土。接着，我又用那把小刀截下两根树枝，削掉树皮，用草扎成一个十字架，插在坟上。我和父亲很快就走远了，可我一直回望……十字架白晃晃的，很远还能看见。

夜里我做了个梦，梦见我在天上。这是什么？在一小朵云彩上坐着我那只小鹌鹑，只是它全身也是白晃晃的，像那个十字架！它头上有个小金冠，像是奖赏它为自己的孩子殉了难！

过了五天，我和父亲又来到原来的地方。我根据已经发黄但没有倒下的十字架找到了小坟。可是坟旁边的窝空了，几只小鹌鹑也不见了。我父亲要我相信，是老头子——小鹌鹑的父亲，把它们带走了，带到别处去了。后来，几步远的矮树丛下面飞出只老鹌鹑时，父亲没有开枪打它……我想："爸爸还不像我想象的那样坏！"

可是奇怪，从那天起，我对狩猎一点兴趣也没有了。再后来，就完全放弃狩猎了。

爱洗冷水澡的鸟

〔俄罗斯〕维·比安基

　　我们在噶特庆站附近一条小河的冰窟窿旁，看到一只肚腹黑漆漆的小鸟。

　　那是一个奇寒的早晨，天冷得树木嘎巴嘎巴直响。天上倒是挂着明晃晃的太阳，但是我们的通信员还得不住地捧起雪，摩擦自己的冻得发白的鼻子。

　　这样冷得出奇的早晨，竟还会听到黑肚皮小鸟在冰面上歌唱，并且还唱得那么快活，不由得让人感到非常惊讶。

　　通信员走到小鸟跟前去，想要细看这小鸟。小鸟往高处蹦了一下，接着，一个猛子扎进了冰窟窿里。

　　"投河呢！少不得淹死！"通信员心里想，他三脚两步奔到冰窟窿旁，要去把那只犯了神经病的小鸟给救起来。谁料，小鸟正在水里，伸开自己的翅膀划水呢，就跟游水的人用胳臂划水的样子一样。

　　小鸟的黑背，在透明的水里像条小银鱼似的忽隐忽现。

　　小鸟头朝下，一个猛子扎到河底，伸出尖利的爪子抓着沙子，在河底

上跑起步来，跑到一个地方，它停了停，用嘴巴把一块小石子翻了过来，从石块下面拖出一只黑壳小甲虫。

过了一分钟，它已经从另一个冰窟窿里钻出，跳到冰面上来了。它抖动身子，若无其事地唱起了欢乐的歌子，声音像一串银铃声撒在冰面上。

我们的通信员把手探进冰窟窿里去试试，心想："也许这里是温泉吧，小河里的水是烫的吧？"

但是，他立刻把手从冰窟窿里抽缩回来：水是冰冰冷的，扎得他的手生疼哩。

他这才明白，他面前的那只小鸟，是一种水雀子，学名叫河乌。

这种鸟跟交喙鸟一样，是背离自然法则的。河乌的羽毛上蒙有一层薄薄的脂肪。这种油膜在它钻进水里时，会出现一层微细的气泡，银光闪闪的，这样，它就好像穿了一件空气做的防护服，所以，它即使在冰水里，寒冷也侵不进它的身体。

在我们省里，河乌是稀客，它们只有在冬天才会来。

疯 鸟

〔俄罗斯〕维·比安基

我十岁那年的整个冬天，都是在乡下度过的。

我在森林里到处追踪鸟迹，我探察到各种鸟的生活状态，这是我最乐于做的一项研究，要是在我的兴头上有什么意外的事打断了我对鸟迹的考察，我会感到非常痛苦的。

可偏偏哪壶不开提哪壶，二月，袭来了一场酷寒。刮起了暴风雪，而且越来越猛。

我的父亲当然不许我在这样冷的日子到外面去。可暴风雪就不停地刮。这暴风雪连续许多天把我拽在家里，憋闷得慌。时间从来没有过得这样的慢。

过了好几天，一天清晨，我醒来，看见窗外的天蓝幽幽的了，我当即就向父亲提出我要到森林里去。我披上皮袄，一下蹦出了门。

屋外很冷，一片寂静。太阳明亮地照耀着。从积雪上反射的光刺得我眼睛直发疼。

森林里什么也没有。只觉得寒气直往我的骨头里钻。唯有松软的积雪在林间堆积着，一脚踩下去，雪就没到了腰。我只得往林间的河边走。河边的景象和森林里大不一样，这里的雪都被暴风刮走了，处处都露出了蓝幽幽的冰。

没有一处见到有什么鸟。放眼望去，就见河面延伸着长长的白色冰带。往左岸看，往右岸看，都只看见陡峭的河堤上白雪厚厚地堆积着。连山雀的叫声都听不到。

我想："刮了这么长时间的暴风雪，鸟儿很难一下恢复唱曲儿的兴致了吧？"

好在不多一会儿，我就发现我眼前的一块雪地上有一个黑点。

细一看，是一只冻死的乌鸦。它的头栽在了雪堆里，寒风吹开它的翅膀，向两边耷拉着。

我捡起死乌鸦，反复地看了一阵。它已经完全僵硬了，仿佛我手里拿的是一坨石头。翻着死乌鸦看，通身看不到有被猎枪打伤的创口。

我想，这乌鸦准是被冻死的。

我很为这大的、这结实的鸟竟被冻得像一坨石头而感到难受。我在心里安慰自己说，也许冻死的就这么一只，不会所有的鸟都冻死的。我想，我今天总还能找到还没冻死的鸟。如果我找到一只冻得半死的鸟，我就把它带回家，我把它焐暖，养活，直养到春天。到春天就可以放它回森林了。

仿佛是应着我的心思，仿佛迎合我的盼望，我在不远处听见有鸟儿在那里低声唧唧喳喳地唱小曲儿。

我抬眼望去，前面有一个凹塘，凹塘里结满了冰，冰上有个窟窿。窟窿边上的雪地上有一只白胸脯的鸟，在那里蹦蹦跳跳。它高高翘起它的短尾巴，可唱的小曲儿却有腔有调，很是悦耳，非常动听。

"这鸟，准是神经不正常了，疯了！"我想，"正常的鸟哪能在这样冷的日子里唱这么开心的小曲儿呢？"

白胸鸟没有注意到我的到来。我想走近它去看个究竟。可我才向它迈了几步，它就嘟噜一下飞进了冰窟窿。就在这一瞬间，我看清了它划动翅膀，很快进到冰窟窿下边的水里，随后消失在冰层下面。

我睁大眼、张大嘴，站在离凹塘冰窟窿不远的地方。

"要淹死了！"我心里闪过一个可怕念头。我快步走到冰窟窿近前。一股窄窄的河水在里面急急地蜿蜒流淌。哪儿也没发现淹死的鸟。

泪水在我眼眶里汪汪着。

我提着死乌鸦回了家。我向我的父亲说了我的见到白胸奇鸟淹死的经过。

父亲让我把死乌鸦扔出去，而听过我说的白胸鸟淹死的故事后，却笑起来。我一下被父亲笑得摸不着头脑。我觉得父亲不该笑。

"傻瓜！"他说，"你见的是一种水麻雀，或叫水八哥，喉部和胸部有一块餐巾似的白羽毛，它的水性特别好，能在冰下潜水。这样的鸟根本不会淹死的，它会钻到冰下去，逗你玩。"

"不对！"父亲没能说服我，我大声说，"它疯了，它要淹死自己。我亲眼见的，我看它钻到冰层下面去，窄小的河里，水淌得很急……"

"它就是这样的，"父亲打断我的话，"你再到那里去，你再到你看它钻到冰下的那地方去看，它还会在原来地方。要是那地方不在呢，那你就到附近一带的另一个冰窟窿去看——那里一定不止一个冰窟窿的。水麻雀从你眼前的冰窟窿豁口飞进去，会从另一个冰窟窿豁口飞出来。"

我真的又再跑到河边去看。我的父亲对林鸟的事知道得很多，他非常珍爱生活在大自然中的禽鸟。他说，水麻雀是故意逗我玩，才钻进冰窟窿的，那就是说，我的那只白胸雀儿准还活着。

水麻雀没有在冰窟窿边走动。而当我继续往前走了一截路，我看见了另一个冰窟窿，我走近去看，果然，在一个陡岸上看到了我那只已经投河的鸟。它好端端活着呢，它在积雪上边跑边唱，唱得轻轻悠悠的，像浅浅溪水流淌时的那种汩汩声。

我向它跑近。它飞到冰窟窿旁边，细细短短的腿一下一下弹动，像是在向我连连鞠躬问候，而当我走得离它更近时，它却咚一下跳进了凹塘的冰窟窿，青蛙似的钻进了水中。

我紧挨冰窟窿站着，看它在水下拍动翅膀，像游泳运动员那样在水里划动，接着在河底往前走，两只脚爪伸伸缩缩，步子迈得高一脚低一脚，身子左右摆动。走着走着，它停下步来，当着我的面把河底的一块小石子翻了个个儿，用嘴从石子下面叼出来一条甲壳虫。

过了半分钟，它又从另一个冰窟窿里跳出来。我还是不信我自己亲眼看到的这一切，不信我看到的这些都是真的。我想在离它更近的地方去观察它。我一连几次挡住了它，不让它投水。

让我感到惊讶万分的是，它在水下通身银白，像一条白光光的鱼。那时候，父亲还没有给我讲，水麻雀身上的羽毛覆有一层薄薄的油脂。正是因为有这层油脂，它潜入水中就浑身都附满了比粟米粒儿还小的小气泡，千千万个小气泡在人眼看起来，就是白亮亮的一层反光。

它不停地潜水，后来终于玩腻了。它于是游出水面，顺河水流淌的方

向飞走了，我眼前忽然拉开了一条直线，顿时，它就从我的视野中消失了。

我第二次见水麻雀已经是两个月以后了。这两个月里，在想念中我愈加喜欢水麻雀这种鸟了。那是一个春光明媚的日子，我到河边去看它。我一去，它就往水洼子里钻，躲着我，像老鼠躲猫似的。

整个村子里的人没有不认识这只水麻雀的，每每提起它，人们都说这鸟儿讨人喜欢。

又是隆冬时节，又是天寒地冻，又是冰雪盈野，比二月还扎人肌骨。这样的日子，我的水麻雀自然是不会再唱曲儿了吧。

我四处寻找。我踏着厚厚的冰雪在河岸上走，边走边找。水麻雀蹲在那里，一个劲地哈哈哈叫着，看样子，它是心里憋闷，一肚子的不开心。

我走近它，它不作声；随后就飞走了，飞得离我很远，就在那里不再回来。

终于，苦寒待着不走了，我从前看它投水的地方，那个凹塘已经结结实实地被坚冰封注了。这么厚的冰，水麻雀自然是潜不到水里去叼甲壳虫充饥了。

我很为我这位白胸朋友担心，为它的饥饿感到不安。

"可能，"我想，"它这会儿正僵僵地躺在雪堆上呢，就像我暴风雪后在雪地上找到的那只死乌鸦。"

父亲告诉我："也可能，你的那只水麻雀已经落进了哪只猛禽的利爪。当然更可能，它这会儿已经飞到了另一条河的河边——有这样的河，再冷的日子里，它们也不结冰。"

第二天，出太阳了，我就出去找我的水麻雀。

我把过去到过的水洼一个一个都去找过来，接着又上了陡峭的堤岸，沿堤岸往前一路找去。

不久，我的路被一条小河挡住了。小河从峻峭的悬崖上直直倾落下来，我前行的路就突然中断了，我拐了个弯，再向前走，走着走着，就走到一条泻落的大河下边。

这不折不扣是一挂瀑布。宽阔的河流从高高的山崖上哗啦啦奔泻下来，在下方冲起一片水沫，形成了一个巨大的漩涡。这直冲下来的激流，把下方结冰的河面砸出了个大窟窿。

我还从来没有见过这么大的瀑布呢。当我抬头仰望，心中又喜又惊。这瀑布是如此激越，甚至可以说是如此暴烈，你要是胆敢走到它的下方，那么，它就将把你一下揉扁，把你一下捣碎。

万想不到，我在这里竟发现了两只鸟，它们对着瀑布猛冲过去。

我的水麻雀频频闪着雪白的前胸，不顾一切地冲向瀑布。哟！它的身后，紧追着一只灰羽的鹰鹫。

我还没回过神来，还没有弄明白是怎么回事呢，疯狂的水麻雀已冲进了激越奔腾的瀑布中。

鹰鹫本想在瀑布的水墙前抓住水麻雀的，但它失手了。它遇水仰头向上飞起，瞬息间，它就在空中盘旋了。它接着拐了个弯，慢慢飞远了。鹰鹫追逐的猎物——我的那只水麻雀——从它的强有力的利爪边滑走了。水麻雀逃脱了一大劫难。

鹰鹫闹不清这水麻雀是怎么会从它爪趾间滑走的。可我看清楚了，我见水麻雀箭也似的冲进了瀑布的水墙，又从水墙里冲出来，身姿轻盈地盘了个旋，然后仿佛刚才啥事儿也没发生过，稳稳落下，蹲在了瀑布下方的一块巨石上。

瀑布湍急的轰隆声太响了。我听不见水麻雀的声音。然而，从它嘴的张合形状中，我能认定它是在唱它快乐的小曲儿。

回家的时候，我轻快地边蹦边跑。现在我确信我的小个子鸟的本事又大了，它连鹰鹫的利爪，连冷水，连冬天的饥饿，一概无须畏惧。

冬天已经折磨不了鸟儿多久了。风和日暖的春天已经来临。太阳的照耀已经让人感觉暖意洋洋的了。冰块破裂的细碎声已经从四方传来。三月已经快完了。寒冷的日子到头了。

我一边这么愉快地想着，一边小跑着回了家。那些凹塘里的水怎么样了？我不由得想去试试——那水麻雀喜欢去潜游的水洼子，这会儿还扎手吗？

我这么想着，不一会儿就来到了凹塘边。我伸腿去猛踩了一下薄冰。

我只想把冰踩破，好伸进手去试试温度。但是，蒙在水面的薄冰已经开始融化。我一脚端去，一个趔趄。一下前倾，扑通一声跌下了凹塘，先是一只脚，随而，整个前倾的身子向凹塘坠了进去。

好在这里的水不深，才没到膝盖。

像浑身一下被烫了似的，我赶忙爬回到岸上，牙齿冷得打着冷战！我冷得受不了，没命地飞跑回家。那水麻雀在其中游动的水，呵，竟是这样冷得刺骨呢。

那天我就发高烧了。我病了整整两个月。等我病好，我的父亲还在数落我，说我不该到这么冷的凹塘里去游水。

"只有疯子才会去干这样的蠢事，"他说，"这么冷的天，竟想着去游水……"

"水麻雀呢——它怎么什么事也没有呢？"我反问说。

从此，父亲再没有为这事数落过我。

双尾鸟

〔俄罗斯〕维·比安基

小谢尔盖很想抓到一只小鸟。他最想逮到一只白脸大山雀。这种鸟生性活泼，有趣，胆儿很大。

小谢尔盖自己有一只鸟笼，捕鸟器是他同学借给他的，说好只借三天。头一天就有一只白脸山雀落入了小谢尔盖的捕鸟器里。

小谢尔盖把它带回家，接着将它从捕鸟器里拿出来，转移到鸟笼里去。却不料这山雀又是挣扎又是啄人，闹腾个没完。小谢尔盖一不小心扯掉了它尾巴上的几根长羽毛。大山雀于是变成了叉开的双尾鸟——尾巴像小叉子似的翘向两边，中间空出了一个豁口。

小谢尔盖寻思："我怎么能要这双尾鸟呢！那些捣蛋鬼会笑话我说：'拔掉了毛的鸟，应该拿去煮汤。'"

他想好，把这只大山雀放了，重新捉只别的鸟。捕鸟器在他手上，他还能用两天呢。双尾山雀在鸟笼里一会儿从一根横档跳到另一根横档，一会儿又像猴子似的把头转到下面，用它坚硬的小嘴壳啄吃谷粒。太阳照进小木屋时，它竟高兴得唱起来了：

"津——齐——维尔，津——齐——维尔！"唱得响亮，唱得开心！仿佛它本来就是生活在鸟笼里似的，从来就没有在外头逍遥过。

小谢尔盖把它从笼子里往外赶，双尾山雀忽然又叫起来：

"平——平——秋！"听它的声音，似乎是在低声埋怨他什么。

小谢尔盖只好把鸟笼放到窗外去，打开笼门。双尾山雀这下飞走了。小谢尔盖重又架起他借来的捕鸟器。

第二天一大早，他向捕鸟器走去，他老远就看见捕鸟器的门关上了，里头关住一只鸟。小谢尔盖走近一看，关住的是一只山雀。不是他想要的别的鸟，还是那只尾巴分了叉的山雀！

"我亲亲的山雀！"小谢尔盖恳求地说，"你这样来妨碍我捕捉别的鸟，我可是只剩下一天时间了，再逮不住别的鸟，我就要没有鸟了。"

他提起捕鸟器，带着关在笼子里的双尾山雀离开家，走进了树林。走啊，走啊，他来到了树林中央，把鸟放了。

"平——平——秋！"山雀叫了一声，飞进了树林。

小谢尔盖回到家里，重新支起捕鸟器。

第三天早晨，小谢尔盖走过去一看，哎呀，还是那只双尾山雀蹲在捕鸟器里！

小谢尔盖懊丧得大哭起来。他赶出山雀，把捕鸟器提去还给了主人。

几天过去。

小谢尔盖感到很孤单。

"为什么我要把这只山雀赶走呢？它是少了几根尾羽，成了叉尾巴，可它是一只多么有趣的鸟啊！"

　　小谢尔盖正这么想着呢，突然，窗外传来了鸟叫声："平——平——秋！"

　　小谢尔盖打开窗户，双尾大山雀立刻飞进小木屋。它先是贴着天花板飞，看到墙上有只小虫子，就即刻扑上去把它啄吃了。

　　这只大山雀就在小谢尔盖的小木屋里住了下来。想进笼子，它就飞进去，啄上几颗谷粒，在槽里洗上个澡，然后又嘟一下飞出来。鸟笼门小谢尔盖出来也不关，小山雀想在屋里飞就在屋里飞，来回飞着找虫子吃。

　　双尾大山雀把屋里的虫子吃得精精光，随后叫了一声"平——平——秋！"，飞走了。

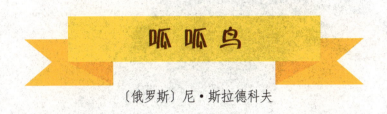

呱呱鸟

〔俄罗斯〕尼·斯拉德科夫

呱呱鸟是一只精力充沛的乌鸦。它住在我们院子里。在我们院子，它要干什么就干什么。它最喜欢干的事自然是收藏。

只要它的嘴衔得动的，它都叼来藏起来。见到果壳它叼来收藏，见到碎骨它叼来收藏，见到石子儿它叼来收藏。对收藏它总是乐此不疲。它一叼到东西，就一边走一边左看右瞧，走到一个僻静处，就把叼来的东西藏起来，然后再在上头盖上些草，再四下里看看，有没有谁看见它藏了宝贝在这儿？而后才大踏步地走开去，再去寻找可收藏的东西。

有一天，它发现了一颗纽扣，就把它叼去藏到草丛里。院子里长着野菊花、风铃草、马齿苋和狗尾草。它把纽扣藏进草丛里，再啄过草来盖起来。但是草总是啄弯了又伸直，野菊花攀弯了又挺回去，风铃草弯下来又弹回去。它为收藏这颗纽扣可费了大劲儿了，然而纽扣依然露在外面。往往是这样：乌鸦辛苦了好一阵，可并没把宝贝藏稳当，喜鹊飞过来，一下就把它们全都叼走了。乌鸦见它收藏的宝贝都不见了，就痛惜得呱呱大叫。

那么，这个纽扣该怎样收藏才万无一失呢？它重又捡起它的宝贝，一

步一步，左顾右盼，去找可以把纽扣藏牢靠的地方。

它把纽扣塞进狗尾草丛里，但狗尾草把纽扣弹挑起来。风铃草丛里也不成，因为风铃草才弯了一下又挺直了。

喜鹊就在近旁的矮树林里吵吵。它们发现了乌鸦叼来一颗纽扣。乌鸦赶紧把宝贝藏到一块砖头下面，再去叼了块木片盖起来，又叼来些青苔，把缝隙都堵上。为了保险起见，它干脆就自己蹲在砖块上。

死皮赖脸的喜鹊就叫个不住声，边叫边盘算着怎样偷取乌鸦的宝贝纽扣。

乌鸦气不打一处来。它火爆爆地用它的嘴壳子狠狠撕扯野菊花瓣，扯一撮，甩一甩，花瓣连连从它的嘴边向四方飞溅出来：你们要偷——我叫你们偷不着，你们要偷——我叫你们偷不着！

不过，到头来，乌鸦的纽扣还是遭喜鹊们偷了。

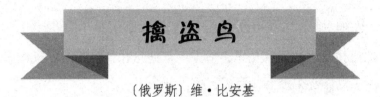

檎盗鸟

〔俄罗斯〕维·比安基

　　通身鲜黄色的柳莺，是一种个头不大的小鸟。它们结成一个庞大的团队，在森林里到处逛荡。它们从这棵树飞到那棵树，从这片丛林飞到那片丛林，每飞到一处，就上上下下蹦跳着，仔仔细细地搜索，看遍了所有的角角落落。哪一棵树背后、树皮上、树缝里，有青虫、甲虫或蝴蝶飞蛾，就逮来吃掉。

　　"切奇！切奇！"一只小鸟惊惶地叫起来。所有的小鸟都马上警觉地环视四周，只见下面有一只貂，正要偷偷爬上树来。貂隐在树根间，一会儿露出乌黑的背，一会儿钻进枯木与枯木的缝隙里。它身子细长细长的，像麻蛇那样扭动着，两只夺命的小眼睛，在阴暗中喷射出火星般的凶光。

　　"切奇！切奇！"四面八方的鸟都叫起来，整个柳莺团队都霎时离开了那棵树。

　　幸好是在白天，只要有一只鸟发现了敌人，整个鸟团队都可以撤离，都能逃脱。夜晚，小鸟多在树枝下睡觉。但敌人可没睡！猫头鹰用韧软韧软的翅膀，上下翻拨着空气，悄没声儿地飞过来，瞅准小鸟睡觉的地方，就伸爪子去抓睡得迷迷糊糊的小鸟。小鸟一见夺命的爪子，立刻吓得惊慌失措，四下里乱窜。可是，有两三只却已经被抓去了，在强盗的钢铁般坚硬的利爪中，没命地挣扎着。

天黑的夜晚，对小鸟来说，是危机四伏的时候！

失去了小鸟的这个鸟群，六神无主地从这棵树飞到另一棵树，从这片树林飞到另一片树林，直到树林深处才稍稍平静下来。这些轻盈的小鸟，穿过丛密的树叶，终于找到了一个最隐蔽的角落，藏了起来。

第二天，一只柳莺在茂密的丛林里看见一个粗大的树桩子，上头有一簇形状怪异的蘑菇。它飞到蘑菇的跟前去，想看看那里有没有蜗牛。

忽然，蘑菇的灰帽缓缓地往上升起来。两只滚圆的眼睛闪着火星般的光。这时，小柳莺才看清，这圆不溜秋的树桩竟有一张猫脸，脸上钩钩地弯着一张利嘴，样子凶恶极了，可怕极了。

柳莺大吃一惊，连忙闪向一旁，惊愕地尖叫起来："切奇！切奇！"

整个鸟群顿时骚动起来。开始，没一只小鸟自顾自飞开，而是相反，大家聚拢到一块，团团围住那可怕的树桩子。

"猫头鹰！猫头鹰！猫头鹰！快过来！快过来！"

猫头鹰只敢恼怒地张合着钩子形的尖嘴，发出吧嗒吧嗒的声音，仿佛在说："你们找到我啦！让我睡不成觉啊！"

这时四面八方的小鸟都听到了警报声，就立刻都飞了过来。

它们擒住了强盗！

小不点儿个子的黄头戴菊鸟，从高高的枞树上飞下来。伶俐的山雀从矮树丛中跳出来，勇敢地投入了战斗的队列，它们在猫头鹰眼前飞着转圈，不住地盘旋，讥诮地对着它叫："来呀，碰我一下看！来呀，来抓我们哪！

大太阳下面，你倒是敢动我们一下啊！你这个夜间强盗！"

猫头鹰只把嘴张合得吧嗒吧嗒直响，圆眼一睁一闭，现在是大白天，它一点办法也没有！鸟们还在呼啦啦呼啦啦不断飞来，柳莺和山雀的尖声喧叫，引来了一群淡蓝色翅膀的松鸡，它们是林中鸦，有名的胆子大，气力也大，足可以制服猫头鹰。

来助阵的鸟，竟聚来这么多，猫头鹰吓坏了，它蓬开翅膀，溜了。哟，快逃吧，保命要紧！再不抓紧时间逃走，松鸡们要一致行动起来，准能把你给啄死！

松鸡紧跟在猫头鹰后头追。它们赶啊，撵啊，直到把猫头鹰驱逐出森林为止。

今天，柳莺们可以安安生生睡一夜了。这样大闹一场以后，猫头鹰该不敢轻易回来了，林子里也可以平静一段时间了。

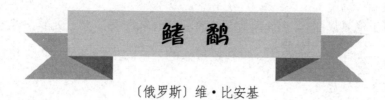

鳍鹬

〔俄罗斯〕维·比安基

我们这里有一种众口称奇的鸟，叫鳍鹬。

夏天，人们往往会在无意中碰上它们。你可以在海上、在湖上、在河里、在池塘找到它们。甚至，在你家附近也能找到它们。如果你家旁边有凹坑的话，你也就可以在你家旁边看见鳍鹬这种鸟——当然凹坑里得有水。

这鳍鹬，是鹬鸟的一种。鹬鸟的模样很是端秀，长长的腿支撑着它的身体，微微向前倾。鹬喜欢生活在池沼里，喜欢在河边和湖边走来走去。但它不游水，只在水边沿岸行走，边走边躬下身去，只躬到嘴能插进水里。它把嘴插进淤泥里找寻食物，也用嘴翻动小石块或水草，从中捉虫子吃。

鳍鹬虽然是鹬鸟，但是它的长相、习性，如我儿子所说，同一般鹬鸟相比，几乎是相反的。鳍鹬的嘴并不长，腿也不是很长。很少有人见它如一般的鹬鸟那样在岸上走动，鳍鹬习惯于游水。

那么你要问鳍鹬像什么鸟呢？如果碰上了，怎么识别、怎么认定它是鳍鹬呢？

很容易识别的。它的个头跟白头翁差不多大小，它的外表色彩艳丽，就跟城里渔具店里出售的着了五色油彩的钓鱼浮标那样。尤其是当它漂在水里，一会儿起一会儿伏，像在跳舞似的。它的下半身呈白色，华丽色彩和花纹主要在背部。

它们爱成群结队游在一起。它们从不彼此争斗。极少见到单独游动的鳍鹬，它们总是游成一片。

我的儿子彼嘉去年第一次见到鳍鹬。他回家来说："看清楚都很难，别说逮住它们了！你好不容易找到它们，可是人一去，它们就躲起来，就飞开了。没有想到，竟还有这么一群鳍鹬，它们在水边游动，我走过去，它们不仅不逃走，还停止了游动。它们像鸭子似的头朝下、脚朝上，倒转身子。它们没一刻是安静的，如甲壳虫一般在水里不住地打旋、转圈。要不呢，就做跳背游戏，你从我身上跳过去，我从你身上跳过去，再不呢，就从这里飞到那里，从那里飞到这里，然后又回到水面上蹲下，漂动。

"去年，我们在乌拉尔的乡村住。我们的房子就紧挨着卡玛河。所以整个夏天都能观赏鳍鹬在河里游动和玩乐，想看鳍鹬，打开窗户就是了。今天来一拨，明天却不见了，而过两三天，另一拨又来了。鳍鹬就这样换着到我们窗下来戏耍。"

彼嘉又说："这是一群浪荡鬼，一群二流子！别的鸟都去筑巢孵小鸟了。可鳍鹬倒好，只管在水里玩啊玩啊，一整个夏天就玩玩乐乐。它们准都是些公鸟，打扮得五颜六色的，一年到头不干活。我们家的这只公鸡正是这样，长得那个漂亮哟，一副花花公子的模样，一年到头不下蛋，而下蛋的母鸡呢，都一色是灰不溜秋的。"

我对彼嘉说，他恰恰是说反了。鳍鹬和一般的鸟正好相反，公鸟都是

灰色的，而花里胡哨的是母鸟，它们个个都穿得华丽异常。在北方，在冻土带，它们一下完蛋，就自顾自飞开了，抛下它产下的那窝蛋不管了。这时候，公鳍鹬来蹲窝，孵母鳍鹬产下的那窝蛋，直到孵出小鸟来，接着又教小鸟游水和捕食。而花里胡哨的母鳍鹬，却整个夏天都在咱们这里晃荡，飞来飞去，东游西逛。

彼嘉说："这鳍鹬，颠颠倒倒的。我还因为它们不怕我，不避开我，而喜欢它们呢，还以为它们是好鸟，不碰它们。"

"它们是挺好的，你善待它们是对的。"我说。

有一天，我儿子彼嘉一大早从卡玛河边跑回来。他是到那里去钓鱼的，他几乎天天去。

他跑来对我说："看看，我带什么回来了？"

他伸进怀里，掏出一只活鳍鹬来，放在地板上。

他说他坐河边钓鱼呢，忽然两只乌鸦飞来。哟，乌鸦追一只小鸟哩，想要抓它。小鸟东飞一下西飞一下，边叫边拐来拐去逃命。

"那小鸟看见我，就直直向我飞来。它飞到我的两脚间。

"'吐克！'小鸟这样叫着。我一下就明白，它这是说：'保护我！'它是向我求助呢。

"于是，我就举起我的钓竿在空中挥舞，边挥舞，边大声嚷嚷。乌鸦在我头顶飞着转圈，它们眼看不能得逞，就飞走了。

"我弯腰，捧起鳍鹬。它没有要飞走的意思。我就收起钓竿，把它带回家来了。瞧，这就是鳍鹬，鳍鹬就是这样子的。"

鳍鹬在我们的木屋里跑来跑去，一点也不怕人。

我想了好久，我们该拿它怎么办呢？当然，这么小的鸟儿，这么可爱，放在家里会给我们家带来许多快乐的。可，我们该给它喂什么呢？并且，它得游水呀。养在家里，怎么让它游水啊。

我们决定放了它。

当然，放在村子里不行，这里有很多猫、狗，还有那两只乌鸦还会再飞来抓它。我们决定把鳍鹬带到远处，带到离村子远些的地方去放。

彼嘉把它从地板上捧起来。

它乖乖地让人捧起。仿佛它向来就是跟人一起居住、一起生活的。

我和彼嘉走出村，走得很远，穿过田野，来到一片森林里。我知道，在森林里的伐木区，有一个水坑，那里有许多杨树，树上鸟很多。白天，鹬鸟们飞去找虫子吃，晚上，鸭子们到那里觅食。

在水坑边，彼嘉把鳍鹬放掉。

鳍鹬在水面拍动翅膀，"吐克——吐克"，对我们叫了两声，那一定是在对我们说"谢谢"和"再见"，它像是什么事也没发生过似的，甲壳虫般打着旋，喝水，吃虫子。

我和儿子两人站着观赏它开心地玩耍。

"走吧，妈妈该早在等咱们吃午饭了。鳍鹬会忘掉咱们的，会自己飞走，飞到卡玛河上，那里它会找到鳍鹬的鸟群。鸟生来是自由的。在自由的环境里，它会生活得很好。"

我们转身回家。可是我们想错了，鳍鹬没有飞远，它忘不了我们。

两天后，我和儿子到这个水坑边打野鸭。我们在一棵小枞树后面躲好。

渐渐地，太阳开始落到森林后面去了。这时，忽地，我们头顶一个小小的脑袋闪了一下，接着我们看见，我们的那只鳍鹬在水里蹲着！我从枞树后头走出去，向它挥手打招呼："喔嘘，哦嘘，飞走吧，赶快离开这个地方！"

它瞅着我，"吐克！"叫了一声，像是说"你好"，就向着我们游来，它游到我们跟前，连连翻跟斗，从水底捞起一团淤泥，然后从淤泥里嚼出小虫虫来吃。

彼嘉说："咱们回家吧，爸爸，咱们走吧。不然，天黑了，你打野鸭，一枪打去，会打着咱们鳍鹬的。"

我们就走了，回家了，一枪也没打。

我只好不在这个水坑里打野鸭了：我们的鳍鹬习惯于每天傍晚飞到这里来，和野鸭子一起游水，我要开枪，弄不好就会无意中伤了它。

该是北方的公鳍鹬从苔原成群飞来的时候了，公鳍鹬现在已经教会小鳍鹬飞翔了。

它们会同羽纹华丽的母鳍鹬一起飞向远方。

它们的秋季远征要开始了，公鳍鹬和母鳍鹬相约到南方去避寒。它们避寒的地方离这里非常遥远，在印度、在中国、在印度尼西亚，甚至更远的地方。

我们的鳍鹬也和它们一起飞走了。

不过，到明年春天，它们又会飞回来的。

小朋友们，要是你们见到我们的鳍鹬或其他鳍鹬，请不要伤害它们，不要恐吓它们，它们的自我防卫能力很弱，而更主要的，是它们对人很容易就产生信赖的感情。

对你信赖，从你那里企望得到善待，这会让你打心底里感觉愉悦的。

尤其是当弱小的生灵对你怀有信赖之情，你的这种愉悦感觉自会更强烈。

而况是小小的一只鸟。

你不知道的凤头鸡

〔俄罗斯〕维·比安基

　　莽莽林海里，有一棵外皮疙里疙瘩的丑树，树干上有个洞，洞里住着两只灰枭，这种学名叫"鸱鸮"的猫头鹰，就爱住在树皮皲裂、树心朽烂的树上。

　　一只猫头鹰把窝做在丑树的洞穴里，洞很深。春天一到，它就早早把四个蛋下在了树洞的深底，白颜色的，个儿很大。

　　猫头鹰就趁夜黑飞出窝去巡掠。这时，夜森林里所有鸟都在酣睡。所以谁也不知道猫头鹰这可怕的夜间强盗究竟住在什么地方。

　　头上戴一顶火焰色小帽的小个子凤头鸡，也不知道猫头鹰住哪里。它们要生育后代了，得找个安稳的地方安下家来。找了好久，它们终于择定在一棵高高的云杉树树顶上落脚，它们不知道，离这云杉树不远处，就正是猫头鹰藏身之所。

　　夏季如期而至。小鹰孵出来了。这时，凤头鸡也把自己的窝做好了。凤头鸡们在离地面很高的树梢头筑起了一个精致的窝。

　　猫头鹰把窝做在凤头鸡窝的下方。云杉树的树冠撑得很开，很宽大，

猫头鹰就捡些细枝搭起一个球状的巢。它们没有想过要叼些干苔藓、干草茎和柔韧的马毛什么的，来把窝做得舒适些。猫头鹰上方的凤头鸡，它们做的窝就与猫头鹰的巢截然不同，它们做得很讲究，用材是捡附生在云杉树上茸茸的干苔藓，窝外蒙上一层蛛网的丝丝，窝里铺上一层羽毛。凤头鸡妈妈在这舒适的眠床上产下了 8 个棕褐色的小花蛋，跟豌豆粒儿差不多大小。

两个星期过去，通身光溜溜的小凤头鸡从小蛋壳里出来了。

小猫头鹰也就在这时长大了。它们于是每晚出动去抓鼠类和鸟类等小动物来给雏儿充饥。它们把肉撕成一小块一小块的，喂进正长羽毛的小猫头鹰嘴里。小猫头鹰的个儿一天比一天大了。要是猫头鹰父母夜里给孩子喂得不是足够饱，那么它们就会连白天也大声嘶叫，让老猫头鹰父母喂给

它们肉吃。

听得下方传上来的吵嚷声，凤头鸡才知道，它们下方原来住的是凶恶的邻居。

小凤头鸡的个儿比蜻蜓大不了多少。它们孱弱的嘴和爪远不足以抵御猫头鹰的侵略。

不过凤头鸡们还是照样住在猫头鹰的树洞近旁。每天夜里，它们都胆战心惊，在小猫头鹰的恐怖叫声中蜷缩成团，用身子紧紧护着自己初生的小鸟。

猫头鹰飞遍了整片树林，就是没有找到自己头上凤头鸡的窝。

小猫头鹰也终于把羽毛长丰满了，会自己飞出窝去找食了。

一到秋天，猫头鹰一家就四散开去，在整座森林里到处打家劫舍。每一只猫头鹰划定一个稳定的狩猎区域，并且也就在自己的势力范围里安家。天一黑，它们无声地扇动自己的翅膀，在自己的领域内到处巡掠。

要是有另外一只猫头鹰飞进了它的势力范围，那它就毫不犹豫地扑将过去，展开殊死打斗，用锋利的爪子，用锋利的喙，直到打得入侵者灰溜溜逃窜，方才罢休。

只要是入侵者，那就不管来犯的是自己的儿女，是自己的姐妹兄弟，是生养自己的母亲，就一律六亲不认。食肉猛禽都这样，爱独个儿进出，不许他者染指。

凤头鸡是另外一种生存方式。它们等小鸟会飞了，就举家搬迁到另外一片树林里去住。在新地，它们做新窝，再生一窝蛋，再孵一窝小凤头鸡。

入秋，凤头鸡的两窝小鸟合并起来，融融乐乐，建成一个庞大的新家。为了欢快地渡越即将到来的严寒，它们就和别的已经在做探寻越冬地的同类集合成群，满森林地四处飞。

凤头鸡们从早到晚从这棵树飞到那棵树，看树有没有皲裂的缝隙，有没有朽烂的树洞。这样的隙缝和洞穴里往往有它们喜欢的树虫，以及树虫下的卵。

凤头鸡们就逮这些树的害虫和虫卵吃。

凤头鸡们一发现猛兽和猛禽，知道自己没有能力对付，就惊惊惶惶地自己躲开了。

要是有一只猫头鹰要建立自己的地盘，它就自己离开父母到另外的地方去。

一个漆黑的夜晚，一只年轻的猫头鹰离开了它的出生地。

它在草甸和密林上空的黑暗中飞，飞着寻找它可以落脚的地方。终于，它在一片树林里找到了一个做窝的树洞。没想到，黑乎乎的树洞里传出来一个令它发怵的声音："救命哪！救命哪！"

它看到一双迸射凶光的眼睛，看到一双伸过来的锋利爪子。它于是知道：是另一只猫头鹰已经住在这洞里了。

这只猫头鹰现在住的这树洞，原来也是从别的猫头鹰那里通过争斗占得的。得到一个树洞不容易呢，所以为了守卫这树洞的居住权，它甚至不惜拼死一战。

"救命哪！救命哪！"呼叫声又一次从黑幕重重的密林深处传来。发

起反击的猫头鹰拼死冲向来犯之敌。

小猫头鹰蹲在枯枝上。一张凶恶的尖喙从它上头探下来。

站在枯枝上的小猫头鹰用嘴发出了响亮的吧嗒声。眼看自己不是来敌的对手，它也就自量地从枯枝上溜掉了，飞进了黑暗中。

小猫头鹰飞遍了整片树林。凤头鸡们就居住在这片树林里。

小猫头鹰在新的居住地，日子过得很不错。白天它躲在树洞里，一到黑夜降临，它就悄悄飞出去猎食。它毫无声响地飞到一块林中大空地，这里紧挨林边有一棵树。它就纹丝不动地蹲在那棵树的树枝上，竖着双耳倾听黑夜里的动静。

树叶底下的林鼠窸窣一动，兔子在矮树林里一闪身，猫头鹰就从树枝上一下飞冲下去，翅膀只几扇，就把小动物抓到了手。它钩钩的爪子一下抠进了小动物的背部。猫头鹰是林中的庞然大物，它能易如反掌地从地里揪出小动物来，然后在空中拿喙猛击小动物的脑袋，只笃的一声，就结果了猎物的性命。

猫头鹰飞回到了自己的树枝上。这时它抓来的小动物还没有僵凉，它就趁热三下两下立即吃了。吃剩的皮毛统统扔下树去。

一天又一天，猫头鹰居守的树下，越来越多小动物皮毛竟积成了小山似的一大堆。

猫头鹰扔下来的这堆垃圾里，多的是鸟的羽毛。猫头鹰总是在鸟们熟睡时，出其不意发起偷袭、进行杀生。整个树林里，它不去碰的，就唯是林中黑乌鸦。黑鸦的个儿比它大，它惧怕黑乌鸦坚硬而锐利的喙。

有一次，夜间，猫头鹰蹲在它踞守的树上。

月亮升起来了。风停止了吹刮。四周一片死寂。

白天下了一场雪。整片树林到处都是积雪，到处都亮晶晶的。

突然，从一棵大枞树上哗啦一下塌下了一蓬雪，轻柔地落在了林边地上。猫头鹰从上下摆荡的树枝上无声地飞落下来。

它能如夜蝴蝶那般拍扇翅膀，在原地滞留不动。它的眼睛紧紧盯着云杉树深处。那里，蹲着一排凤头鸡，一只紧挨一只，沉睡在树枝上。

猫头鹰锐利的目光能在黑暗中清晰地分辨出蓬着羽毛的小鸟。至少有10只凤头鸡挨个儿在那里沉睡。它们这样紧靠着，彼此取暖。小鸟的尾巴翘起在树枝的两边。

猫头鹰翅膀扇起的寒风，让小鸟们打起寒战来，接着，就都纷纷醒了。

就在这瞬间，猫头鹰伸开的利爪扑到了小鸟身上。

三只小凤头鸡眨眼间落到了猫头鹰的利爪下。其他的小鸟在恐怖的慌乱中四散逃命。

猫头鹰宽阔的翅膀从布满白雪的空地上空滑过。它带着它猎获的三只凤头鸡回到了它的树上。黑暗中传来它极富穿透力的狞笑声和欢叫声。

心惊肉跳的凤头鸡们慌忙躲进了覆满积雪的云杉树稠密的针叶丛中。它们就这样在惶恐中度过了整个夜晚。

好在天终于亮了。

"吐克——吐克——特尔尔尔尔！"密林中响起啄木鸟击鼓般叩击树干的声音。密林苏醒了。凤头鸡们还不想离开云杉。

树林深处传来樫鸟响亮的吵骂声。最后飞来的是凤头鸡。

"塔尔尔尔尔——哎尔尔尔尔！"啄木鸟急骤地叩击着树干。

"哉，哉，哉！我们来了，我们来了！"山雀从四面八方向啄木鸟飞拢来。

大家都急匆匆地飞来。凤头鸡小，飞得慢，它们要赶上别的鸟群，飞得很吃力。

花啄木鸟戴着红帽圈的帽子，它被公认为是抵抗猫头鹰的首领。

啄木鸟蹲在枞树的枯枝上，用嘴壳子敲击着树干。它号令所有林子里的鸟都向它靠拢。

这时，来了一只鸸鸟，它穿着一件天蓝色制服，系着个白肚兜。又来了两只旋木雀，它们的嘴像弯弯的锥子。还来了一群穿着银灰色时装的山雀，它们显得很轻捷、伶俐，它们的帽子像一个矗起的尖角。

啄木鸟暂时停止敲击，从树干里伸出头来，用一只眼睛瞥了一下聚拢来的众鸟。

就这一眼，它已经看清大家都聚齐了，于是它就大叫一声："凯克！"然后从白桦树上跳下来，默默向前飞去，让大家都跟着它。

鸸鸟"吐哧"叫了一声，就默默跟上了啄木鸟。

鸸鸟能不抬头独自一个跑遍林子的每个角落。它能在大家看不见啄木鸟的情况下，带领林鸟队伍前进。鸸鸟吐哧吐哧尖声吹着口哨在前面飞，山雀们，还有唧唧唧不停鸣叫的凤头鸡，也都跟着它飞。

啄木鸟在一棵老赤杨树上停落下来，跳了几下，用尾羽支着身子，迅速往上跳。

山雀们在树枝上跳着，像卖艺人似的旋转一阵，接着又翻跟斗。凤头鸡在云杉树上散开，在长长的针叶枝上滑动。鸸鸟一边尖叫一边绕着树枝上下翻动。

"凯克！凯克！"啄木鸟叫着，从这棵树飞到那棵树。

所有的鸟都欢天喜地地跟着它。树林里，一下子到处飞扬着叽叽喳喳的鸟叫声，像忽然又回到了夏日的热闹时光。

而周围却是满目积雪。早晨寒冷又明亮。

凤头鸡和其他的鸟飞在一起。但它们唱的曲子里显然能听出一种弱者的伤感——它们的鸟群里，昨天深夜有三个兄弟姐妹不在了。

所有的鸟都聚到了一大片林间空地上。在林边一棵粗大、挺拔的白桦树下，凤头鸡们发现了成堆的臭皮毛。这堆臭皮毛垃圾的最上面，分明可见三副淡绿色的翅膀——那翅膀上的两根白条，是只有凤头鸡才会有的。

凤头鸡的心一下抽紧了：这就是了，这就是它们昨夜丧生的三个兄弟姐妹了。

"克罗克！克罗克！"这时从云杉的高枝上传来响亮的叫声。

凤头鸡们不由得哆嗦了一下，随即躲了起来。它们分辨出，这就是嚯嚯狞笑的大个子夜间杀手了。

过了几分钟，鸟们清楚地听见它们十分熟悉的声音——这是黑乌鸦在叫。就在这时，啄木鸟发出了向密林冲锋的号令。

凤头鸡立即行动起来。

密林里黑暗又恐怖。凤头鸡胆怯地四下里打量着。它们感觉到，猫头鹰此时就在离它们不远的地方蹲着，只是它们一时看不见它。

陡然，从树丛里飞出一只棕黄色的鸟，头上耸起一撮冠毛。凤头鸡一下纷乱了，四散逃飞。但是棕褐色的鸟却并没有向凤头鸡扑来，而是飞向密林，后面还跟着三只太阳颜色的鸟。

这是一群林鸦，它们对凤头鸡看都不看一眼。

接着，凤头鸡看见一棵枯朽的树上有一个洞。从洞里散发出一股潮湿的腐臭味，强烈得直刺鼻。凤头鸡们立刻飞开了。

终于，东方显出了曙光。凤头鸡飞到一块洒满阳光的空地上。这里有一个树桩，树桩上有一朵奇形怪状的灰色大蘑菇。

当凤头鸡从怪蘑菇旁边飞过时，那怪蘑菇突然慢慢抬起灰扑扑的脸，脸上有一双放着凶光的大圆眼，直视着刺眼的阳光。这时，凤头鸡们才看清，这一副猫脸的下方，有一张钩钩的弯嘴，一双蓬着毛的爪子——这个大家伙，就是猫头鹰啊。

猫头鹰蓬开羽毛，惬意地烤着太阳。

凤头鸡们一眼就认出，这就是昨夜袭击它们的大怪物了。

它们浑身红黄色的羽毛全都根根直竖。

它们立刻飞到树丛里，躲了起来。

"唧——唧——唧——唧！我们来了！"远处传来山雀的叫声。

"凯克！"啄木鸟大声与山雀们呼应。

猫头鹰马上警觉起来，同时向上高耸起它的灰翅膀。

猫头鹰看到了凤头鸡，它的鬼脸立刻露出一副凶相。它看见了躲在树枝间的凤头鸡，那吓得浑身竖起的羽毛，它看得一清二楚。

就在这时，前来救助凤头鸡的林鸟们都飞到了。

啄木鸟蹲在树干上，拿嘴壳子响响地敲击树干，边敲边叫。鸸鸟和旋木雀在树枝上拼着命地高喊。勇敢的山雀首先投入了战斗。它们叽叽叫着，展开短短的翅膀，冲向了猫头鹰。凤头鸡们也鼓足了勇气，齐齐地扑向猫头鹰。

猫头鹰用它钩钩的弯嘴威吓向它冲来的鸟。它甚至不挪动一下身子，只是转动着脖颈，它凶光逼人的眼睛，在阳光下更显得杀气腾腾。此时林鸟已经从上方包围了过来，一眼望去，它们简直像一片片暴风吹落的树叶。这么多身翅灵捷的鸟向猫头鹰冲来，它的心不由得发毛了，它把持不住自己了。

借着阳光，林鸟们把猫头鹰的一举一动看得清清楚楚。它们从四面八方向它飞扑过来，撞它，抓它，咬它。

猫头鹰在明亮的阳光下蹲着，四周都是燃着仇恨的眼睛。它感觉势头不对。它准备逃回它黑暗的树洞里去。它已经转动身子，准备飞走了。

就在这瞬间，说时迟那时快，从密林里蹦出来几只林鸦。

林鸦们听见鸟们吵吵嚷嚷的喧叫声，就飞过来，发现了猫头鹰。它们怒气冲冲地向猫头鹰扑来。

小鸟们因获得了意外的支持，一下来劲儿了。林鸦竖着它们的冠毛，耸起羽毛，叫着，显得强大而有力。然而它们却吓不倒猫头鹰，它知道，它的一张钩嘴足以对付所有林鸟的进攻。比众鸟的嘴更具威慑力的，是它那恶心的刺耳尖叫。

它弹开它的翅膀，飞向了空中。

林鸟不放过逃跑的猫头鹰，它们始终紧紧追随。猫头鹰边升高，边寻找躲避攻击的地方。林鸦和林鸟向它飞扑过去。它们震耳的叫声响彻了寒冷的林空。

　　黑鸦一家在枞树高高的树梢上听见了鸟们的喧叫声。它们锐利的眼睛从高空看见了猫头鹰，就从树上飞起来，扇动长长的翅膀，参与追逐猫头鹰。

　　猫头鹰听见黑鸦从身后向它扑来，就旋即转身，改变飞行方向，用它最快的速度逃遁。它知道，黑鸦一家要是追上它，它可就没好下场了。

　　凤头鸡们的翅膀太短，追不上猫头鹰，就转头飞回了自己的树林。它们已经做到了它们能做的了，它们已经发现了林中强盗，并且召唤大群的林鸟来围攻它了。

　　现在是白天，所有仇恨猫头鹰的鸟，都会齐心协力来围攻猫头鹰的。

　　这次围攻猫头鹰的事就是这样。

　　黑鸦追逐猫头鹰，直追到猫头鹰躲进了密林，藏起了身，才飞回了那棵高高的枞树。

　　猫头鹰在密林里一直躲到了黑夜来临，这时它才去找搬家的处所——那个追得它灵魂出窍的地方，它是不敢再去了。

　　从此，凤头鸡就可以安安生生地睡觉了。它们停在树枝上，你我彼此紧紧相挨，互相取暖。

夜间森林里的秘密

〔俄罗斯〕维·比安基

　　白沙鸡在我们这里是一种珍稀禽鸟。沙鸡把自己藏得很紧，它们总是让你走得很近很近，然后陡然扑腾一下冲飞起来，出其不意地吓你一大跳，每次都是不等你闹明白是怎么回事，它们就已经远远飞走了。所以，你想逮住它们，十有八九要落空。

　　倒是放马库奇亚会偶尔带上三两只回来。可是说来奇怪，能猎到白沙鸡的库奇亚，只有一杆别旦式很不好使的破枪，只能打出20来步远。

　　不过，我还是套出了他打到沙鸡的神妙手段。

　　原来，库奇亚都是在夜间出猎。他先在苔草丛密的地方燃起一堆火，而自己则藏身到矮树林里去偷偷向外窥望。白沙鸡看见火光，它们就会成窝地向火堆走来。但是凭他的别旦破枪，要在十来步远的地方打中白沙鸡，仍是一桩挺不易的事。

　　既然弄到沙鸡这样难，我就完全打消了猎取白沙鸡的念头。我可不是个打猎的，我是森林动物考察工作者，不折不扣是一名鸟类学专家呀。

　　我可就弄不懂了，我琢磨着，别的野禽，譬如野鸡，譬如大雷鸟，譬如松鸡，都从来不会向火堆飞来的，就独独白沙鸡会向火堆飞？这道理到底在哪里呀？昆虫在夜间抵挡不了光线的诱惑，这谁都知道。我自己就在夜间用自行车灯捕捉过蝴蝶。它们纷纷直扑灯光，要不是玻璃罩隔着，那么它们就都将被烫死无疑。而昆虫这样，那毕竟是昆虫啊，它们没有头脑呀！

而白沙鸡向火堆走来，究竟是图个啥呢？莫非是它们也像蝴蝶一样经不住火光的诱惑，扑向火光来送死吗？

或许是，白沙鸡一家井然有序地在火堆边围坐，然后，由它们亲亲的爸爸、妈妈用沙鸡才能听懂的话向自己的孩子们开讲座："咯——咯——咯，孩子们，这是火！你们别挨近它，它会把你们烧伤烧死的！"

也或许是，可能并不是火焰迷惑了白沙鸡，它们只不过来火边暖一暖身子罢了。

有谁知道夜间林中火堆边，能看到常人完全意想不到的秘密呢！我说的是像库奇亚那样躲在离火堆不远处的矮树林里，能窥探到什么秘密呢？

通常，打猎的都是这样，火堆燃起了，自己就在火堆边，在亮处坐定。这样所有森林里的夜眼都能把他看得一清二楚，而他本人则是两眼一抹黑，不知道四周正发生着什么。

我既然是个鸟类专家，就非得把火光中的什么吸引了白沙鸡这个问题，弄个水落石出。不用说，这件事得有库奇亚相助。

我们不等天黑就往森林里去。我们还非常走运，碰上了一个好机会。

在布满苔藓的沼地上，我们碰到了几个农人。他们的身后都背着一大筐酸果。他们向我们走来。可不等走近，就有一只白沙鸡嘟噜的一下从他们脚下飞起来，接着，又是一只。

库奇亚太想开枪了。他想，这么多夜鸟，总会有一只被撂倒的。可我拦住了他："别蛮干！你不明白呀，你这么一吓，它们夜里就不再到火堆边来了。你别动不动就开枪，咱们得观察观察它们到火堆边，究竟是来干吗的。明白吗？"

"呵呵，来了个对我吆五喝六的了！"库奇亚没好气地说，"你指挥我呀！"

"再等等嘛，瞧，难说它们不会自己投身火堆，它们自己去烤熟了，咱们就吃现成的。"

库奇亚被我说得笑了起来。

"倒也是啊！既然自己来烤熟，干吗白白浪费弹药呢？"

我们眼看就有解开秘密的希望了。我们已经发现白沙鸡移动的方向了。它们一只接一只飞到沼地的一个角落去了——我们刚才就是从那里的林中空地捡的干柴和树脂。

我们就在火堆边吃些干粮当晚餐。

夜幕终于降临了。四周一片漆黑。凉意越来越重了。这是一个地道的八月林中的夜晚，又是银河横亘天空，又是流星飞动……该有的都有了。

我们燃起了火堆，然后躲进了矮树林里。我们相隔约有五步。库奇亚在火堆左侧，我在火堆右侧。

柴干火烈。借着火光，身边的土墩和土墩上的苔草都清晰可辨。我知道白沙鸡一下还不会出来，就偷闲看看火光照耀下的树林。库奇亚说过，等白沙鸡挨拢，要等上几个小时的。

我忽然听得我的背后有声音，轻轻的："埃尔——雷克——凯克！

124

咽——阔克——阔！嘎呜！"

我马上扭转身去看——来了，白沙鸡朝我们的火堆走来了！它们一只跟着一只，鱼贯地走着，一只、两只、三只……

没等我数清有几只呢，砰，传来一声枪响！

这个该死的库奇亚，终于急不可耐，他用别旦开了一枪。

一只白沙鸡倒在了地上。其余的不用说，边唧唧咕咕叫着，边嘟噜噜向四方飞跑了，消失在茫茫夜色中。

"你疯了吗！"我对着他吼叫起来，"我把你剁碎吃了！"

一阵树枝被踩断的声音，喀嚓喀嚓，我知道这是库奇亚溜跑了。

伸手不见五指，还哪里去追他算账！

我捡起打死的白沙鸡。我当即决定不还给库奇亚了。我要让他知道他干得有多么愚蠢。我把火堆扒散，踏灭了。

现在还有什么可做的呢？白沙鸡反正今晚是不会再回来了——它们不会傻到这地步的。

还好，库奇亚第二天没被我撞见，我还在生他的气，这是什么人呀！想想，要不是他，要不是昨夜他的愚蠢，我昨夜就把森林里这个重大秘密揭开了！那样，我就是全世界头一个揭开这项秘密的人了。

为什么白沙鸡会一反常态挨近火堆的问题，总盘绕在我的脑海里。我决意一个人去到沼地里蹲守。为了让白沙鸡忘掉库奇亚的枪声，我忍着，耐着性子不到沼地里去。我忍过了三天，到第四天，我才去到我和库奇亚烧过火堆的地方。

我把一切都像上次那样做好，弄妥当——捡拾柴火，燃起火堆，然后躲进矮树林里去蹲守窥望。

在这黑洞洞的秋夜里，就我一个人猫在矮树林里，这滋味可不好受。我往枪膛里推上一颗爆破弹，当然，我这不是害怕什么，不过，什么意想不到的事都可能发生的，我得有备无患啊！要是丛林里钻出一头熊来呢，难道我晃晃帽子叫它滚一边去，这能成吗？

我等呀，等呀。我浑身上下都蹲麻了，木了，僵了。"走吧，"我想还是离开，放弃算了，"反正，什么我想要的结果都不会有的。"

这时，我往那渐渐弱去的火堆瞅了瞅。

怎么回事？

一双双黄红毛大皮鞋在土墩间步步向我挪近！谁在影影绰绰地悄悄向火堆靠近……

可就是只见皮鞋不见脚。

我的心里有点发毛。睁大眼看，这是白沙鸡向我走来！火光把它们都照成了黄红色。一只老白沙鸡走在前头，看得出来，它是沙鸡爸爸——个头很大，眉毛红彤彤的；它身后跟着一群小白沙鸡。爸爸上了土墩，转过身去低声招呼它的孩子："埃尔——雷克——凯克！凯克，奥尔！"

随即，传来小白沙鸡们的回应："科瓦尔——尔斯特呜，嘎呜！"

黑暗中，一只白沙鸡老猫似的叫了一声："咪——呜！咪——呜！"叫得很温柔。听得出来，这是白沙鸡妈妈了。

这时，白沙鸡一家都走上了土墩。好像有十五只呢。老白沙鸡跳下了土墩，一步步朝火堆走去，转眼，所有的白沙鸡都跟在它身后了。

又听见白沙鸡妈妈的叫声："小心——奥尔！"

我想："它们很快会飞走的！"

突然，砰！

白沙鸡全不见了……

怎么回事？谁开的枪？我一下没弄清，是我自己把枪弄走火了……

当然，不瞄准的枪是打不中一只白沙鸡的。

就这样，我至今也不知道白沙鸡在火堆边究竟会做些什么。我是多么想弄清楚啊！也许，你们当中的谁将来有一天会弄清这个秘密吧？是吧——孩子们？

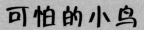

可怕的小鸟

〔俄罗斯〕维·比安基

个儿纤巧、性情温和的母鹈鸰鸟，在自己的窝里孵出了六只光身子小鸟。五只挺像爹妈的，是爹妈模样的孩子，而第六只却是个丑八怪：皮肤这么粗糙，一根根青筋这么暴凸着，脑袋大得出奇，两只眼睛鼓鼓的，眼皮耷拉着，嘴一张开，哦呦呦，能吓得你直往后倒退，这喉咙简直没有底，整个儿不折不扣是一个深渊。

头一天，它老老实实躺在窝里，一直静静躺着。只在鹈鸰爸爸妈妈叼了食物回来时，它才费老大劲儿抬起它那个沉沉的大脑袋，有气无力地嘻嘻叫着，张开大嘴，似乎在说：你们喂吧！

第二天清晨，趁阴凉，鹈鸰爸爸妈妈早早出去为孩子找食了。这时候，丑八怪摇摇晃晃动起来了。它低下头去，把脑袋抵住窝底，叉开两腿，开始往后退。

丑八怪的屁股拱到了一个小兄弟，它就把屁股往小兄弟身底下塞。它把折叠的光翅膀往后甩，钳子似的夹住小兄弟。就这样，把小兄弟抬到背上，扛着它往后退，退，直退到窝边边上。小兄弟个儿小，身子柔弱，眼又瞎着，在它的背凹凹里，像舀在汤匙子里那般摇晃着。它用脑袋和两脚撑住窝底，把背上的小兄弟使劲儿往上抬，越抬越高，越抬越高，当抬得跟窝边一样高的时候，就突然拿屁股向上一颠，小兄弟就被掀到窝外去了。

鹬鸰的窝是做在河边陡岸上的。

小鹬鸰那么小，那么嫩，光溜溜的，这高高地摔下去，摔在石头上，自然就成一摊子肉酱了。

凶恶的丑八怪自己也差点儿掉到窝外去，它的身子在窝边儿上颤颤巍巍，摇摇晃晃，好在它的脑袋大，分量重，才重又把它坠回了窝里，算是没掉下来。

这推小兄弟出窝的勾当，它干起来，从始到终，也就仅仅花了两三分钟的时间。

丑八怪力气使尽了，倦了，于是它在窝里躺了约15分钟。

鹬鸰爸爸和鹬鸰妈妈飞回来了。丑八怪伸长它青筋暴凸的脖子，抬起它沉重的瞎眼脑袋，像什么事也没发生过似的张开大嘴，唧唧尖叫着，似乎在说：你们喂我吧！

丑八怪吃过了，休息好了，它又开始挪到第二个小兄弟身边。

不过这个小兄弟不像前一个那么好对付了：这只小鹬鸰，它挣扎着，几次从丑八怪背上滚下来。但丑八怪不泄气。

过了五天，等丑八怪睁开眼睛的时候，它看见的，就它一个躺在窝里了，它的五个小兄弟都被它扔到窝外去，全摔死了。

在它出世的第12天上，它全身终于都长上了羽毛。这时，丑八怪的真面目才看清楚，鹬鸰两口子这么辛辛苦苦养大的，原来是一只杜鹃扔在它们窝里的孩子——你说这鹟鸰两口子有多倒霉、多冤啊!

但是小杜鹃叽叽喳喳叫得那个可怜,听起来就像是它们自己死了的孩子,勾起它们的怜爱之情,它抖动着稚嫩的翅膀,哀求鹟鸰两口子给它吃的。那个儿纤巧、性情温和的鹟鸰俩能拒绝它,能看着它饿死不管吗?

鹟鸰两口子自己饥一顿饱一顿的,整日里忙天忙地,从日出到日落,苦撑苦熬,为的也就是给养子叼来肥美的青虫。它们叼了虫子回来喂它,整个儿脑袋都伸进它血红血红的无底深渊,把食物塞到它贪馋的喉咙里去。

鹟鸰就这样一直忙,忙到秋天才把杜鹃喂大了。它长大了,就飞走了,一去不回头了,一辈子也就没再跟养父母见过面。

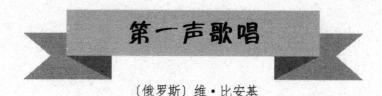

第一声歌唱

〔俄罗斯〕维·比安基

天气还冷，但阳光已经有些许煦暖的感觉。就在这一天，城里的花园里传来第一声鸟儿的春歌。

那是荏雀在唱。它的歌喉里没有花腔。

"荏——瑟——维！荏——瑟——维！"

歌声就这么简单，但它唱得这样的欢快，听起来，仿佛是这种金色胸脯的小鸟想用它的鸟歌对大家说："脱掉大衣！脱掉大衣！春天到了！"

没娘的小鸟

〔俄罗斯〕维·比安基

　　包括森林管理员的小儿子在内的几个淘气男孩捅遍了山鸟窝，把山鸟下的蛋都打碎了。一只只没睁眼的小鸟从蛋壳里露出来，光裸裸的小肉团，看着怪可怜的。

　　总共有六个蛋，淘气包们打碎了五个，只有一个没破。

　　我拿定主意要搭救这个还藏在蛋壳里的小生命。

　　可我怎么做才能让小生灵得救呢？

　　哪个来孵这个蛋呢？

　　哪个来给小东西喂食呢？

　　我知道离这里不远有一个柳莺的窝。它一共下了四个蛋。

　　不过，柳莺能接受这个没娘的可怜蛋吗？山鸟的蛋整个都蓝莹莹的。它比柳莺蛋要大些，跟柳莺蛋模样很不一样。柳莺自己下的四个蛋是带玫瑰色的，上头布满了黑麻点儿。而且山鸟蛋已孵过许多日子了，很快就要出壳儿了。而柳莺蛋孵出来还得过 20 天哩。

　　柳莺会抚养这没娘的小山鸟吗？

柳莺的窝做在白桦树上，不太高，我伸手就能够着。

我走到白桦树旁边那会儿，它刚好飞出窝去了。它在近旁一棵树的树枝上飞来飞去，苦苦哀叫着，好像是在那里求我别碰它的窝。

我把这蓝色的山鸟蛋放到柳莺的花蛋旁，然后走到一些小树后头去躲起来看。

柳莺好一会儿没有回来。不过后来它还是飞近了自己的窝，蹲到里头。看得出来，它对于这个陌生的蓝蛋左看不像，右看也不像，总是疑疑惑惑的。那么，等小山鸟孵出来，那时柳莺会怎么对待呢？

第二天早上，我走近白桦树去看，看到一张小鸟嘴从窝的一边伸出来，窝的另一边拖出一条柳莺尾巴。

柳莺一直蹲着！

等它一飞出去，我马上就去看窝里的情况。里头只有四只玫瑰色的鸟蛋，还有一只还没长毛、还没睁眼的小山鸟。

我又躲起来。不一会儿，我就看到柳莺飞回来了。它把嘴里叼着的一条大青虫喂进小山鸟的嘴里。

这时，我才放心了——柳莺已经收养没娘的小山鸟了。

过了六天。我每天都到白桦树旁去看。每次都看到一条从窝里伸出来的柳莺尾巴。

柳莺又要忙着给小山鸟找吃的，又要孵自己的蛋，它的那股子忙碌劲儿，每次都叫我看着感动不已。

每回，我都是瞧一眼就走开，免得妨碍柳莺孵蛋和喂小鸟，这对它是顶顶要紧的大事啊。

到第七天上，我再去看时，看不到小鸟嘴，也看不到大鸟尾巴。

我心里猛一咯噔："全完了！柳莺飞到别的地方去做窝了。小山鸟得饿死了。"

幸好不是这样。活鲜鲜的小山鸟还蹲在窝里，它睡了，所以小脑袋没从窝里伸出来，也不张着嘴。看得出，它的肚子饱着呢。

它这些日子长得可快了。它长出的羽毛差不多把红通通的鸟蛋都遮蔽得瞧不见了。

我于是猜想，这山鸟为了感激自己的新妈妈，用自己的小身子温暖着四个没孵出的柳莺蛋呢。

事情正是这样。

柳莺给小山鸟喂小虫子，小山鸟替它孵小柳莺。

我亲眼看见小山鸟一天天长大，直到它飞出窝。

正好，它飞出窝那天，四只小柳莺从壳里钻出来了。

小山鸟飞开了，大柳莺自己来抚养四只小柳莺，养得好极了。

老 鹰

〔俄国〕列夫·托尔斯泰

在一个离大海很远的地方，一只老鹰把自己的窝做在大路边的一棵树上，接着孵起小鹰来。

有一天，树旁有一群人正干活哩，老鹰钩钩的爪子里抓了一条大鱼，飞回窝里来。干活的人看见鱼，就围住树，向老鹰又是哇哇大叫，又是扔石块儿。

老鹰蹲在窝边，小鹰一只只仰着头，一个劲儿尖叫着，要妈妈给它们喂东西。

老鹰已经疲倦了，不能再飞到海上去抓鱼了；它走到窝里，伸开翅膀遮住小鹰，它抚慰着孩子，梳理着孩子们的羽毛，像是要它们等一会儿。但是老鹰越抚慰，孩子们叫得越凶。

这时老鹰飞离了窝，蹲在树的高枝上。

小鹰们叽叽喳喳叫着，比刚才更厉害了。

这时老鹰管自大叫一声，展开双翅，沉重地扑闪着，直向大海飞去。

它到很晚才回来；它飞得又轻又低；它的爪子里又抓了一条大鱼。

当它飞到离树不远的地方，它四下里望了一下——看是不是近旁还有人，然后收起翅膀，蹲在窝边。

小鹰都仰着头，大张着嘴，于是老鹰赶忙把鱼撕碎，一块块喂给孩子们吃。

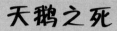

天鹅之死

〔俄罗斯〕维·比安基

　　四月中旬，冰封的湖面是一片暗褐的颜色。有的冰块裂开了，湖泊中央于是可见一个个的窟窿。解冻的湖水蓝宝石似的，在阳光下闪闪发光。无论什么时候，早上也好，白天也好，傍晚也好，一眼望去，总能见到成群的候鸟在解冻的水面上栖息、起飞，晚间，湖面上不断传来候鸟们喉音很重的叫唤声。

　　站在河岸上，我不难看清楚，这些候鸟是一些潜水鸟，有凫，有野鸭，有急于飞向遥远北方的奥列依长尾鸭。长尾鸭的羽毛黑白相间，长着箭一般的尖尾巴。其实，不用看它们的模样，晚上，只需听听它们的叫唤声，也能分辨出来——它们不像别的野鸭那样，吱吱嘎嘎地叫个不停。它们仿佛要把一个名叫奥列依的人从遥远的地方唤回来，嗓音总是那么洪亮、坚毅，一遍又一遍地叫着："啊，奥列依，奥列依，奥列依！"

　　野鸭们是不会到冰窟窿旁边来这么叫的。它们在那里无事可做，湖水很深，它们从湖底取食时，只需把前半身插进水里去，用不着把整个身子都钻进水底。潜水鸭在水底也能为自己找到吃的东西。

这几天，在湖水上空，天鹅时常擦着云端飞过。它们的叫声欢快有力，能把春天其他的声音都盖住了。天鹅美妙的身姿，一看就会让人打心底里激起情感的波涛。

有的书上，把天鹅的叫声比作银质号筒吹奏出来的音响。是的，天鹅的叫声确乎很像神秘的、神话里才有的大银喇叭的声音。

三天前的一个早晨，这银喇叭的声音突然闯入湖边人们的睡梦，把他们唤醒了。这声音似乎就在人们的小木屋的房顶上轰鸣。

我穿上衣服，跳下床，抓起望远镜向湖边跑去。

有十二只仪表堂堂、优美可人的天鹅，它们庄重地扇动着宽大的翅膀，排成人字形，在湖岸上空飞翔。它们洁白的翅膀，在黑蒙蒙树林背后升起的阳光里，闪射出银白色的光芒。

"看哪，'银喇叭'的比喻就是这么得来的！"

这群天鹅在盘旋下降，它们准是想落到湖面上来歇脚吧。

眨眼间，湖对岸黑压压的密林上空有一个罪恶的光点倏忽闪过，接着冒出一团白烟。

随后，轰隆的枪声传进了我的耳朵。我同时看到湖对岸一个矮小的猎人的身影。

毫无疑问，这是他向天鹅开的枪。这家伙打得很准，天鹅的队形散乱了，它们相互碰撞，歪歪斜斜地向高处飞去。有一只天鹅掉队了，它斜倾着身子，扇动一只翅膀，兜着圈子，向湖心跌落下去。

"你必须为这一枪付出巨大代价！"我想到这个偷猎者时，心里异常激愤。

但偷猎者已经转过身，一闪就在树林里消失了。

我们的法律禁猎天鹅。

打死这种美丽的鸟儿，法院是要重重罚他的款的。地球上辽阔的灌木林湖滩越来越少了，能让这些神话般的鸟儿躲开人的目光，蹲在用芦苇和绒毛构筑成的大窝里孵育它们的后代，该是多么好啊！要知道，天鹅是越来越少了呀！

被击中的天鹅跌落在冰窟窿里。它用伤势严重的翅膀拍打着水面，高高地昂起挺直的脖颈。

这是一只大天鹅，也叫黄嘴天鹅，是天鹅中最大的一种。它那轩昂略带野性的姿态，让人们很容易就把它和非常美丽的无声天鹅——世界各城市公园里的仿真装饰品区别开来。无声天鹅停在水面上时，双翅的背像小丘似的隆起，它的头颈始终保持弯曲的样子。大天鹅和它们不一样，它把一对翅膀紧贴在身上，高傲地抬起头来，脖子能抬多高就抬多高。

我找到了大天鹅的同伴，它们在湖泊尽头上空飞行。它们又排成人字形，悠缓而有节奏地扇动着沉重的翅膀，镇定地从高空飞离险境。

就在这时，停留在冰窟窿里那只被打伤的天鹅叫了起来。

"克林格——克溜——呜！"孤凄无依的天鹅，用高亢而略带嘶哑的声音哀鸣着。在它啼鸣的声调里流露出痛楚——那是它绝望的哀鸣。哦，那忧伤，那绝望，听一声，心就碎了！

"克林格——克林格——克兰格——克溜——呜！"从远方传来伙伴们的回答。

"克林格——克溜呜！"受伤的天鹅绝命地叫唤着。

飞翔的天鹅们掉转头来。它们兜了一个大圈，排成直行，降低高度，收敛翅膀，飞落下了。

受伤的天鹅不叫了。

我在望远镜里能清楚地看到，天鹅一只接一只飞到水面上，溅起两道水花，借着身子的冲力在水面上往前浮动。不久，天上、水面的天鹅都会合到一起。于是，就再也分辨不出哪只是负伤的天鹅了。

要知道，天鹅像其他的浅水鸭一样，在深水区是不能得到食物的。它们像鸭子一样把长长的脖子伸进水里，在浅水滩上寻找食物。

过了两小时光景，天鹅终于又从湖面飞起，它们张开翅膀，又排成人字形队伍，继续往它们便于做窝的北方去。

受伤的天鹅又发出凄厉的鸣叫声。

它叫得那么悲凉啊！它一定是知道自己的命运了。它知道自己注定要饿死了。

"哦，奥列依，奥列依，奥列依！"

一群群鸟儿飞离湖面，向北，向它们便于做窝安家的北方去。

据说，天鹅临死前要唱歌的。但那是歌吗？那银亮的号筒吹奏出来的哀伤，谁听了，心都会发颤的。

我想要救这只受伤的天鹅。我请渔人帮忙。但渔人们听了直摇头：谁也不能把船拖到冰窟窿里，就是站到已经裂开的冰块上，也是非常危险的事。

受伤的天鹅在冰窟窿中间来回游动着，它也没有力气向覆盖着冰块的湖岸游来。我再也不忍看下去。当我转过身迈步走离的时候，一路上，那嘶声的、忧伤的、像喇叭一样嘹亮的叫声，久久萦回在我的心间。

两天过去，天鹅没有再叫了。它的踪影在冰窟窿上消失了。

在冰窟窿的边沿有一大块鲜红的血斑。

从树林到冰块上印着淡淡的狐狸的脚印。

也许是，大天鹅在夜间爬上了冰块。它想去岸边浅滩处栖息，结果却落入了狐狸的利爪——准是这样的吧。

天鹅消失了，从冰窟窿那边又传来长尾鸭响亮的叫唤声。

"哦，奥列依，奥列依，奥列依！"

一群群鸟儿飞离湖面，向北，向它们便于做窝安家的北方飞去。

杀害美丽的天鹅是不能不付出代价的：那个偷猎天鹅的家伙，被武装护林队逮住，送进法院去了。

塔拉斯的养子

〔俄罗斯〕德·马明－西比里亚克

　　那是夏季里的一天，雨不停地下着。我沿着林间小道向亮湖走去。我熟悉的渔场看守人塔拉斯就住在那里。

　　林间小道忽然拐了个急弯，我就来到了一个峻峭的山岬——它像突进亮湖里去的一条大舌头。渔场的看守人塔拉斯就住在水湾边的一条岸上。

　　我一在山岬现身，塔拉斯的狗就汪汪汪吠叫起来，叫声是那样尖利，一听就知道它是在问："来人是谁？"

　　我走近小木屋，这吠叫的狗就从草丛里哧溜一下蹿出来，是一条花斑小狗，它边叫边向我扑来。

　　"小黑貂，别叫……你不认得我了吗？"

　　小黑貂犹犹疑疑地住了声，但是看得出来，它还不相信我是它的老相识。它走近我的时候，依然保持着警惕，不停地嗅我的长筒猎靴。经过这一番程序性的查验后，它才带着些歉意摇晃起尾巴，似乎在说，啊呀，对不起了，我一下没认出你来，你也知道的，我分内该做的事，就是看守好这幢木屋。

木屋里没有人。主人不在家。他准是到亮湖上去看他布在那里的网具里有没有兜到鱼……

往渔场半开半掩的木门里看，能看见塔拉斯家的一切家具：挂在墙上的猎枪，土炕边放着的几个坛子，长凳下面有一只箱子，各处挂着的渔具就更显眼了。木屋很开阔，冬天捕鱼的时候，湖上捕鱼的工人都可以住在里面。

夏天，塔拉斯老人一个人守着宽敞的木屋。不管什么天气，他反正都热腾腾地烧着炉子，他自己睡在炉子旁的吊床上。他这么需要火，说明他已经达到了令人肃然起敬的年纪了：他大约九十岁。说大约，是因为连他自己都忘了出生年月了。

我脱去了潮湿的短上衣，把猎枪在墙上挂好，我就坐下来拨旺炉火。小黑貂挨着我转圈，它一定是预感到我会给它点儿什么吃的。

炉火的火焰快活地跳荡，向上冒出一缕缕青烟。

亮湖静悄悄。碧澄澄的湖面倒映着对岸的群山。不时飘来新鲜鼠尾草的气息和近旁松林里松脂的芳香。一切都很美好。这种美好是只有在森林的幽深处才有的。难怪塔拉斯老人在这个角落里一待就待了整整四十年。

为了等候老人，我把塔拉斯的行军铜茶壶挂到长钩上，搁到炉火上烧水。水都开了，却还不见老人回来。

"能上哪儿去呢？"我苦苦地寻思着，"检查渔具，那该是早晨的事情啊，而现在都到中午了……或许，他是去看看有没有擅自到湖上来打鱼的人？小黑貂，你的主人藏到哪儿去了？"

聪明的小狗只是摇晃着它毛茸茸的尾巴，咂巴咂巴嘴，叫起来。小黑貂身个高大，嘴巴尖尖，耳朵高高耸起，尾巴向上弯曲。粗看让人以为它是一只普通的看家狗，其实它是地道的猎狗，既能在森林里找到松鼠，咬到野鸡，还能追猎麋鹿呢。它是人最好的朋友。只有从森林的视角来看这狗，这狗的价值才能被充分地估量。

忽然，这个"人最好的朋友"愉快地尖叫起来，我晓得，这木屋的主人来了——只有见到主人，它才会发出这样的叫声。果真是的，水湾上那黑点一眼看去就是一条渔船，它正顺蜿蜒的水渠从岛屿那边拐出来。那就是塔拉斯……他两腿撑得直直的，两手灵活地划着单桨——正儿八经的渔夫都是这样划桨，这样在水道上航行的。当他驶得更近时，我才看出他的船前方游着一只天鹅。

"回家去，浪荡鬼！"老人的怨责声里带着亲昵。他一边划桨，一边这样赶着游动得十分美丽可爱的水鸟。"回去，回去……我要是不赶着点儿呀，那就天知道你会又到什么地方去……回家去，浪荡鬼！"

天鹅美丽的身姿游近了渔场，一上岸就抖了抖水，然后才沉稳地挪动它拐拐的黑腿，朝木屋走去。

塔拉斯个头很高大，一腮的白胡须，一双大眼睛里透着庄严。整个夏天，他只穿一件青布衬衫，不穿鞋，不戴帽，黑黝黝的阔脸上纵横着深深的皱纹。然而叫我惊讶的是，他的牙齿一颗不缺，头发也一根不落。

"你好，塔拉斯！"

"你好，先生！"

"从哪儿回来？"

"我出去找我的养子了，找我的天鹅了……它一直在水面转悠的，在水道上来来去去地游，可忽然，不见了……这不，我就只得去找它去了。我找遍了整个湖面，没有；顺着湖湾去找，还是没有；原来它在湖岛那边游着呢，我看不见。"

"你从哪儿弄到它的，这天鹅？"

"猎人都嗡到这里来；他们大的打，小的也打，反正见天鹅就开枪。幸巧，这一只没有被打着，它躲进了芦苇丛里，悄没声儿蹲着。它小，还不会飞，就那样躲在那里……我向那苇丛下了一网，一网就把它给网住了。孤独的一只天鹅是注定活不成的，秃鹰一来就准把它抓去当点心。我寻思，它没有来得及长成呢，就成了孤儿了。我就把它带回来，在我身边养着。养着养着，它也就习惯了……我们生活在一起快一个月了。早晨，天一亮，它就上湖湾里去游水，自己找些东西吃，吃饱了就自己回家来。它晓得我什么时候起床，就等着我喂它。这鸟，心灵着呢，总而言之很聪明，它懂得什么时候该做什么。"

猎人像谈叙亲人一样谈叙着天鹅，我能分明感觉出来老人没有当它是一只水禽，而就是他的一个孩子。

天鹅摇晃着身子走到木屋近旁，一眼就能看出来，它是想要老人给它喂点什么。

"大爷，它总有一天会飞走的……"我提醒他说。

"它干吗飞走？这里什么不好？天天吃得饱饱的，四周都是水，要往哪里游就往哪里游，要游多久就游多久……"

"那么冬天呢？"

"就在木屋里跟我一起过冬。我这屋子宽，满够我们住的。有它做伴，我和小黑貂日子也会过得快活些。有一个猎人经过我这渔场时，也曾这么说过：'你不剪掉它的翅膀，那它定要飞走的。'我怎么能把上帝造下的这么一只美丽的鸟给摧残了呢？只要它活得好，就怎么都好吧……我就死活想不明白那些先生老爷为什么非要射杀天鹅呢。这天鹅又不能吃，就打着寻寻开心……"

天鹅像是听懂了老人的话似的，只用它那双聪明的眼睛看着老人。

"它跟小黑貂处得怎么样？"我问。

"开始那些日子，天鹅很怕小黑貂，后来习惯了，就没事了。现在情况大不一样了，有一次，天鹅竟去抢了小黑貂的一块食物。狗呜呜着凶它，而天鹅就张开翅膀去打它。我在一旁看着好笑。过后，小黑貂照样同天鹅一起出去玩：天鹅从水上走，小黑貂从岸上走。狗也很想跟着天鹅游水，从水上走，但是狗游水根本不行，差点儿淹死了。天鹅要是游远了，小黑貂就会担心地找它。它在岸上汪汪吠叫，听得出来，那意思是：怎么把我一个晾在一边，你不在我身边，我孤单呢，我跟谁去说话呢？你看，我们仨就这样过日子。"

我听塔拉斯自己讲，他过去不是守渔场的，是干狩猎营生的，所以这50里地面的鸟兽都是什么性格，他全了然于胸，一清二楚，只是如今他老了，不能跑得太远了，现在他熟悉的是鱼的事情。

划船比带枪在山林里走要容易多了。现在，塔拉斯那支枪就挂在那里当纪念品了，或者有狼来的时候，拿出来放上一枪。冬天，狼就会来盯上渔场，并且早已对小黑貂垂涎三尺了，只因为小黑貂机警，才没有叫狼得逞。

　　我在渔场里逗留了一天。晚上，我和老人去钓鱼，夜里到湖里去挂网捕鱼。亮湖真是美。这湖叫它是"亮湖"的确名副其实：湖里的水整个儿澄澄澈澈，船在湖上驶行，能看见几丈深的湖底黄沙上面游鱼历历可数，看见它们成群结队地在芦苇和水草间自由自在地穿行。

　　这样以秀丽闻名的湖在这个地区有千百个之多。

　　亮湖与其他湖不同的地方，是它除一面是依山以外，其他部分都衔接草原，一条奔腾的大河从那里流出来，灌溉着大片的平原，催生了千里沃地。

　　湖上棋布的岛屿上林深树茂，使湖有了风景如画的美丽。塔拉斯就在这秀丽的亮湖之畔生活了40年。他本来在这里有自己的家，可是孩子和妻子都先后离世了，孤苦度日的塔拉斯于是也就更离不开亮湖了。

　　"你不感到寂寞、不感到孤凄吗，大爷？"我们捕鱼回来的路上，我问他，"一个人在这大森林里，不感觉心里慌兮兮的吗？"

　　"一个人？你说我日子过得不开心？我在这里过的日子比王公还要王公哩。这里什么都不用……你看有鸟，各种各样你叫得出名儿叫不出名儿的鸟；有鱼，有各种各样你叫得出名儿和叫不出名儿的鱼；有草，有各种各样你叫得出名儿和叫不出名儿的草。当然，要全部叫出它们的名儿我不能够，但我都了解它们，熟悉它们。每当我看到它们，看到这些上帝的创造物，我心里就乐滋滋的……任何事物都有它自己的规程和意志。你想想吧，鱼在水里游，鸟在林中飞，这些都能是没有意义的吗？不，它们所要操的心、所要操的劳一点也不比我们少……看，天鹅在等候我和小黑貂呢……"

　　老人对自己养子的满意，远远超过我们的想象，无论什么话题，千言万语，最终都要归结到他的养子身上。

"不折不扣的皇鸟啊，你瞧它那高贵的模样！"他解释天鹅——他的养子——为什么这样的让他魂牵梦绕。"你要是拿食物去逗引它，却又不给它，下回它就不睬你了——它就有那样的高傲！人有人的尊严，鸟有鸟的尊严，你别以为鸟就不如人……在小黑貂面前，它也要保持它的尊严，小黑貂稍微对它欺辱一下，它立即拿翅膀去打击，用嘴去啄。你不知道哩，有一次，小黑貂开玩笑开过头了一点，要用牙齿去咬它的尾巴，天鹅马上就给它扇了一巴掌。它要告诉小黑貂，它的尾巴即使轻轻咬着玩玩，那也是不容许的。"

我在老人的木屋里住了一宿，第二天就准备回城了。

"咱们秋天再见吧，"分别时，老人说，"那时，我们可以在火堆上用鱼叉烧鱼吃了……我们还可以去猎松鸡。秋天的松鸡很肥哩。"

"好啊，大爷，到秋天我准来。"

当我离开时，老人又忽然把我喊住了："你瞧你瞧！那天鹅跟小黑貂闹着玩儿呢……"

真的，这是一个很值得欣赏的场面。天鹅站着，展开双翅，而小黑貂则尖声叫着、吠着扑向天鹅。机灵的天鹅像鹅一样伸长脖颈，对狗低声地兮兮叫着。老塔拉斯看着它们玩闹的场景，像小娃娃一样打心底里乐了，满脸笑得像一朵花。

我第二次到亮湖是深秋时节。初雪已经下过。森林依然很美，一些白桦树上残留的黄叶在秋风中瑟瑟摇颤。而枞树则比夏天更绿得浓了。亮湖沿岸因为没有了花草，没有了茂密的树叶，所以亮湖的湖面就显得比夏日开阔些了。清澈的湖水这时看起来就更深沉，甚至昏暗了。秋日的激浪不时哗啦哗啦声声拍击着湖岸。

塔拉斯的木屋依旧在原来的地方，只是看起来更高了，那是因为木屋四周的高茎草这时都没有了。跳出来迎接我的，依旧是那种小黑貂。这次它没有把我忘记，所以远远就对我亲热地摇尾巴。塔拉斯在家里。他修补冬天捕鱼要用的网。

"你好啊，大爷！"

"你好，先生！"

"日子过得还顺心吗？"

"还算好啦……就初雪那阵小病了些日子。腿疼……天气一坏就闹腿疼。"

也许就是如老人自己说的受过一阵腿脚疼痛的折磨，所以看起来更显疲瘁，一副难以消除的倦怠，让我更为他的老迈而心生酸楚。但是，细看他的情态，应不像是由于生病……待到喝茶的时候，我们聊起来，老人才说出了他这神情怠丧的真正原因——他道出他内心的殷痛。

"先生，你还记得那只天鹅吗？"

"养子吗？"

"说的就是它……啊，那鸟，别说有多好了！可，如今又只剩我和小黑貂了……啊呀，养子不在了。"

"让黑心肠的给打死了吗？"

"不，是它自己离开的……我的伤心正在这里！能是我不够心疼它吗？我亲手喂它，它一听我喊它，就到我跟前来。它在湖里游，哪怕游得很远，可只要我一叫它，它就向我游过来。多有心智的鸟啊。一起都已经习惯了……这不！就在下霜那天出的事。那是个我倒霉的日子！那天有一大群天鹅从我们这里飞过，降落在亮湖里。它们休息，它们找食，它们游水，我看它们还看得出神了呢。让它们在湖上好好歇歇气吧——它们要去的地方也不很近哩，它们还要飞许多日子哩……可这一来就出事了，我那个养子起先不跟它们结伴，不同它们游在一起，就是游近一下，也就分离了，它自己回来了……它似乎是在说，我有我自己的家。它们就这样聚聚散散地过了几天。现在想来，一定是它们游在一起的时候，就用它们自己的鸟话私下里说好了、说定了的。后来，我看出我的养子的神态渐渐不一样了，总是发闷、忧愁、焦虑……那种愁闷不乐、心事重重的样子完全跟人一样的。它走到岸上，用一只脚站着，一声连一声地仰天呼喊。呼喊的声音听起来那个悲惨哪……把我也给弄得愁闷起来了，而小黑貂那个木脑壳，像狼一样干嗥着。当然，这只天性向往自由的鸟，它血脉里流淌的就是……"

老人忽然沉默了，接着一声沉重的叹息，唉——

"你拿它怎么办呢，大爷？"

"我能怎么着啊。我把它关在木屋里，关了一整天，它就在那里吵啊，吵啊，吵了一整天。它用一只脚站着，如果你不去赶的话，它就总那么一只脚一直站下去，也就差一点没有说出人话来了：'放我出去吧！大爷，放我到我的同伴那里去吧，它们都要飞到温暖的南方去了呀，为什么就我要在你这里过冬呢？'我寻思，我哪能就这样放了呢！放了，它就同它的

150

伙伴们一道飞走了，从此杳无踪影……"

"为什么从此杳无踪影了呢？"

"这不是明摆着的吗。那些外地飞来的天鹅是在自由中长大的。它们还很小很小的时候，它们的父亲和母亲就教它们飞。你设想一下，它们在父母身边是怎样长大的？它们的父母先带它们游水，接着是带它们飞。它们的父母按照程序一步一步训练它们：循序渐进，飞的时间一点一点加长，飞的距离一天比一天更远。我亲眼看见它们的父母怎样教它们飞行。开始是个别教，后来是成群一起教，再后来，是一大群一起教练，就跟练兵一模一样。我的养子则是独自个儿在亮湖里长大的，你可以想象，它哪儿也没有飞过。在湖里游来游去，这就是它的全副本领了。现在忽然要它飞行几千里，它怎么能坚持得了呢？一旦力气耗尽，就会脱离天鹅群而杳无音讯。它是绝对不习惯于远程飞行的。"

老人又沉默了。

"可是我能怎么着？我只能放它走呀。"老人黯然神伤，看得出他心境凄戚，"我想，我要是硬拽住它在这里过冬，它反正也会因愁闷而得病的。这天鹅是只能在群体中越冬的。这么想明白了，我就放它走了！我的养子就飞到天鹅的鸟群里去，跟它们游了一天，晚上又飞回家来。就这样游了两天。虽说它只是一只鸟，它也一样会为离开家而难过。先生，它是游回来跟我告别的呀……最后一次，它离岸游了百来米，就停下来，老弟啊，它声声叫唤着，那是用它的天鹅话在说：'噢，大爷，谢谢你养了我这么多日子！'它一转眼，就不见了，又只剩下我和我的小黑貂了。起先那些日子我心里空落落的，很难受。我问小黑貂：'小黑貂，咱们的养子呢？'

小黑貂立刻吠叫起来，可见它心中也充满悲哀呢。它随后就跑到亮湖岸边，到处寻找它亲密的朋友……从那天起，我一做梦就梦见我的养子在我身边，还在亮湖里，还在靠岸游着，拍动它的小翅膀。可当我走出去看时，却什么也没有……先生，事情就是这样——啊，你说我为什么忧伤？"

鹟鹛的水面舞蹈

〔俄罗斯〕维·比安基

肚子饿了，得弄块肉吃。我掮起枪，向一个森林湖的湖边走去。这湖边的草丛十分茂密，是打野鸭的好地方。

我走到湖边，天色已经昏暗了。草丛一有响动，野鸭就飞起来，很难打着。

"那我就等到天亮。"我想，"五月的夜短。天一亮，野鸭少不得回来的。"

我拣了个水面宽阔的地儿，在矮树林间搭了小棚棚，钻进去坐着。

起先还好，虽然没有月亮，却迷迷蒙蒙还有点光，星光从树枝间筛落下来。欧夜莺低声儿哼着小曲儿，像溪水流淌的那种汩汩声。

但是，后来刮起风了。星光没有了，欧夜莺也不唱了。很快袭来一股湿气，下起了小雨。雨水从我的衣领里流下来，一下就觉得冷了许多，浑身都很不舒服。野鸭的动静也能听见。

后来，知更鸟开始唱了。它的小曲儿在夜间听起来格外沉郁、愁肠。不过，一到天亮，歌声听起来就愉悦多了，甚至可说是欢快了。可惜我什么吃的也奖不了它，我自己还饿得慌哩。我知道这会儿野鸭还没有飞来。天亮前，它们是不会飞来的。

雨住了。天渐渐亮起来。所有的鸟都开始歌唱了，吱吱喳喳、叽叽呱呱响成一片。

忽然，我看见草丛里，在紧挨着湖水的岸边上，有两个动着的野鸟脑袋。

野鸭！它们隐蔽在那里……

我握起枪，找最佳射击点，准备好，等它们一下湖游水，我就开枪。

它们下湖了。我看见，它们的嘴尖尖的，可脖颈上头有一丛蓬起的柔毛，像围着一条华丽的围巾——这根本不是野鸭，是鸊鷉！

鸊鷉的肉味道很腻心的，对人体健康也很不利的。简直不能入嘴，简直吃不成的。一句话：鸊鷉不是一种猎人希望得到的野物。

野鸭游动的地方，也是其他水鸟活动的地方。在这么多种类的鸟中单单打野鸭，没有一个猎人能做得到。所以只好不打了事。

有一种红菇是蘑菇中的佳品，而要是同时采了一些红色的毒菇在篮子里，那么你就只有统统倒掉，狠狠地踩上一脚了事。

我的心绪坏极了，这不，一夜冻得半死，而等来的却是不能吃的东西。

鸊鷉肩并肩在水面游着，真是分寸不差地并驾齐驱，像是两个并肩前进的战士。两只鸟的肩毛都松松地蓬开。

突然，像是听到口令那样——"向左向右分开"，立刻，一只朝左转去，一只朝右转去，照样继续游动。

两只鸟儿在两边等距离游着。

游出了一段路，又折转身，脸对脸，一边点头一边游拢，俨然是在跳舞。

我看得目瞪口呆。

接着它们嘴对嘴相碰着接吻。

再接着就是伸长脖子，头往后甩，嘴张开，像是说着同一句话。

我忍不住扑哧一声笑出来。莫非鸟也有语言、也会说话不成？

但是没等我想明白，它们又垂下头，钻进水里，在水下前进，竟还没有一点儿声响。

你想再继续看稀奇，但是没有了，结束了。

我准备走开了。

忽然我看到：先是一只，接着是另一只，从水里钻出来了。它们在水面像在地板上那样，头朝下，屁股朝上，整个身子直直地立在水面。它们都一样向前挺胸，脖子上端在太阳光照耀下发出古铜褐色的亮光，像在水面上炽烈地燃烧。它们的嘴里都含着一团绿草，这是它们从水底叼上来的。它们同时伸长脖子，互相把叼上来的绿草送给对方。为了欣赏这罕见的美，欣赏这五月的早晨，试想，得以一颗多么纯洁的心啊！

这里的早晨真是太美了！粼粼的湖面闪着波光，升到森林上空的太阳照在身上，浑身暖洋洋的，惬意极了。青青的树枝上刚刚绽开的绿叶像孩子小小的手掌，一切都美妙无比。

一只乌鸦飞来，呱啦一声叫。我不由得回头去看。当我再回头看湖面的时候，那对奇妙的潜水鸟已经没了踪影。它们发现我，就躲开了。鸟没有了，而愉快却依旧留在我心中。我不会再打这样美丽的潜水鸟了。

这是我将永远铭记心中的一个早晨，虽然我到头来还是没有吃到肉。

仙　鹤

〔俄罗斯〕依·索科洛夫－米凯托夫

在一次飞越原始森林的航空旅行中，我从飞行员们口中知道许多有关森林和狩猎的奇闻。

飞行员们讲起原始森林野兽的种种闻所未闻的故事，听来很是过瘾。在森林机场，飞行员们让我看他们豢养的一只小狗熊。这只小畜生觉得竟能跟人一起在高高的天空中飞翔，非常好玩。飞行员们把小熊关在机场的一只笼子里。时而，飞行员去把它放出来，任它在机场里随便走走，翻跟斗，翻一个又翻一个，像马戏团里经过严格训练的熊演员那样。几只野羊关在人不常去的地方，小熊也去追逐它们玩……除了这只坐飞机来的小熊，调度大厅里还养着其他一些动物，当然都是小的，特别好玩的，譬如一只叫"杜喜亚"的小松鼠就特别讨人喜欢。它也会跳进河里去游水。这小松鼠就是在一次游水时被逮住的。所有这些从森林里带回来的动物中，有最高礼遇的，当数一只叫瓦西里·依凡诺维奇的小仙鹤。它已经在机场里住惯了，这个机场所有飞行员它都熟。小仙鹤在机场上走动，一副绅士派头，挺神气的，大摇大摆，仿佛这机场就归它指挥——似乎没有它瓦西里·依凡诺维奇的指令，任何一架飞机都不得起飞。它不只在白天四处巡视，夜间，它也尽心尽职地守望着机场。不信，你可以晚上自己去看，都能看到它在机场照明灯下独足伫立的身影——它警觉地瞭望着远方呢。

跟飞行员们处熟了，他们就跟我讲起这只瓦西里·依凡诺维奇的来历。虽说小仙鹤只不过是一只野鸟，但它却让我想了很多，并且在离开机场后还时不时念想起它来，回忆起在森林机场度过的那些日子。

有一天，飞行员叶尔马洛夫从原始森林上空飞过。可就在飞越原始森林时，发动机发生了故障。他只得在森林里降落了。

飞机在森林里迫降，这是一件很困难很危险的事。他从高空往下看，看到一片林中的沼泽地，看起来倒是比较开阔，就准备往那里降落。他向下滑翔着，越来越低，越来越低，最后终于落到了地面。

在森林里着陆，他感到万幸。飞机没有断裂，没有解体，只是"拿了大顶"，机头倒插在了沼泽地里，轮子呼呼空转着。飞行员从几乎倒插的飞机上下来，转着看看四周。

沼泽地倒是挺大，也没有污烂的泥淖，大约有几十米宽的地面吧。飞行员从地图上查了查自己出事的位置，就向机场指挥部报告他飞机出事的紧急情况，并且说，他得守着飞机，所以只能请机场赶快派人来协助他处理。

"机场很快会派人来，很快会找到我的。"叶尔马洛夫这么想着，准备找个稳妥的地方过夜。

他倒没有因飞机出事而感到恐慌。他知道伙伴们不会对他坐视不管的，伙伴们很快就会来找到他的。夜间要是发生什么不测，他也能应付——他身边带着一支猎枪，子弹也足够的。他想他能自卫，他不会叫野兽咬死的。

叶尔马洛夫在森林里等了一个多星期。在这等待的日子里，他每天都得去猎取野物来充饥，夜间就睡在机翼底下。

在沼泽地行猎时，有一天他逮住了一只小仙鹤。

小仙鹤的腿长得出奇，已经可以独立支撑自己的身体了，却还不会飞。

叶尔马洛夫把小仙鹤的一只脚拴在倒插的飞机上。

"不知道该喂它吃什么，好在沼泽地有的是青蛙，还可以采摘些草莓来让它吃。"他暗自思忖道——他一定得尽力照料好这只小仙鹤。

一个多星期的日子里，飞行员就跟小仙鹤生活在一起。机场派来的飞机好不容易才找到了叶尔马洛夫。他们给他空投了一些食品、用品和一些子弹。不久，机场派来的人就找到了他。

要做的事情很多很多。首先是要清理出一块可供飞机起飞的空旷场地，近处的树木都得锯倒，免得起飞时绊到。

一切都准备就绪后，叶尔马洛夫头一件事就是把小仙鹤安置在机舱里。还好，飞机顺利地飞起来了。他不得不在近处的加油站加足油，并且从那里给机场发了一个电报：

"一切顺利。瓦西里·依凡诺维奇与我同来。请做好接待准备。"

接到叶尔马洛夫的电报，大家都慌了手脚，整个机场都不知道来的这个瓦西里·依凡诺维奇是何许人物，也不知该做些什么迎接准备才好。

"不用说，来的准是位领导。"机场调度主任说，"得把迎接工作做好。"

机场上做了一番迎接叶尔马洛夫的布置。飞机没着陆，主任就走出来，恭恭敬敬地跑近舷梯。

只见大家熟悉的叶尔马洛夫走出机舱，主任却不见有贵宾从机舱走出来。

叶尔马洛夫把眼镜往脑门上推了推，微笑着向大家走过来。

"大家好！"他边说边下飞机熄火。

主任摘下制帽，郑重其事地问叶尔马洛夫："瓦西里·依凡诺维奇同志哩？他在哪里？"

"噢，您说的瓦西里·依凡诺维奇，它和我同机来的，它在机舱里。"

主任急于要尽快见到领导，他说："是不是领导有什么不适？"

"兴许吧。"

叶尔马洛夫一脸的灿烂。主任忧心忡忡地往机舱里瞅。机舱里，安全带系着的是一只仙鹤。主任看见这位不速之客，放声大笑道："原来，你给我们带来的是一只鹤呀。我们想破脑子，就想不出跟你一同来的会是谁。我们当然得准备隆重迎接。"

大家把仙鹤安顿在机场里。它很快就熟悉机场里所有的人，每天有模有样地察看机场上所有的飞机。它虽然是机场的新客，可是它觉得自己从来就生活在这里，生活在这里跟生活在沼泽地没有什么不一样。小仙鹤在机场开始了它的新生活。它习惯了大家对它和和气气，一点也不怕人了。它日日夜夜和机场人员在一起。

秋天，是候鸟南飞的季节。这些日子，它总是直起脖颈迎风练习从地面起飞，就跟飞机离地起飞一模一样。它在机场的上空盘旋一阵，又小心翼翼地飞落地面。飞行员们看着它练习飞翔，都不禁心怀敬意地说："瓦西里·依凡诺维奇，飞得行啊，好样的！"

瓦西里·依凡诺维奇越来越想飞到近旁的沼泽地去，在那里整天整天地不回来。只到傍晚，当执行任务的飞机起飞的隆隆声响起，它才应声急急忙忙回来。

到秋残冬临时节，所有的鹤鸟都牵牵念念地要飞往南方去了，瓦西里·依凡诺维奇也就越来越觉得它将要被伙伴们抛弃了。它一听到过去生活在一起的伙伴们呼唤它的鸣叫声，它也就用自己的叫声回应它们，并展开双翅，怀着一种莫名的冲动从机场上飞起来，久久地、久久地在机场上空一圈接一圈地盘旋，看样子它做好了往南征飞的准备，可是当它真要飞离机场，要跟大家分开时，它又不由得对机场、对机场上它熟悉的人们依依惜别了。

图书在版编目（CIP）数据

戴脚环的大雁 ／（俄罗斯）维·比安基等著；韦苇译 . -- 北京 ：北京时代华文书局，2018.8
（写给孩子的动物文学）
ISBN 978-7-5699-2460-2

Ⅰ . ①戴… Ⅱ . ①维… ②韦… Ⅲ . ①儿童小说—短篇小说—小说集—世界 Ⅳ . ① I18

中国版本图书馆 CIP 数据核字（2018）第 122184 号

写 给 孩 子 的 动 物 文 学
Xiegei Haizi de Dongwu Wenxue

戴 脚 环 的 大 雁
Dai Jiaohuan de Dayan

著　　者 | [俄罗斯] 维·比安基 等
译　　者 | 韦　苇

出 版 人 | 陈　涛
选题策划 | 许日春
责任编辑 | 许日春　王雨沉
插　　图 | 赵　鑫
装帧设计 | 九　野　孙丽莉
责任印制 | 刘　银

出版发行 | 北京时代华文书局 http://www.bjsdsj.com.cn
　　　　　北京市东城区安定门外大街 138 号皇城国际大厦 A 座 8 楼
　　　　　邮编：100011　电话：010-64267955　64267677
印　　刷 | 永清县晔盛亚胶印有限公司　0316-6658663
　　　　　（如发现印装质量问题，请与印刷厂联系调换）
开　　本 | 710mm×1000mm　1/16　　印　张 | 11　　字　数 | 130 千字
版　　次 | 2018 年 10 月第 1 版　　印　次 | 2020 年 5 月第 3 次印刷
书　　号 | ISBN 978-7-5699-2460-2
定　　价 | 31.00 元

本书中有个别篇幅经过多方联系，未能联系到作者，如作者见此信息，请与我们联系，谢谢！